文芸社セレクション

自分の本当の人生の歩み方

～幸せな毎日を過ごしたいあなたへ～

緒方 心

JN073818

文芸社

この本は、「幸せな人生」を送りたいと願っているすべての人のために書きました。

ですから、そのための「心の変容」の方法がちりばめられています。どうか肩の力を抜いて、読み進めながら、あなたもあなた自身の望む人生を手に入れてください。

目次

（1）今の私～心地よさに導かれて

〝外側の見える部分〟

「家族のこと」

私は今、心優しいパートナーに出逢い、共に生活しています。わが子どもたちも、優しい人格をもち、それぞれのペースで成長しています。

私のパートナーの家族の方々もまた優しいのです。初めてご挨拶に行った時から居心地がよく、帰る時には、冬の寒さにもかかわらず、玄関外まで出てきてくださり、私たちが見えなくなるまで両手を振ってくれていました。私が今まで経験してきた家族像からは、想像できないようなものでした。それはそれは、とても穏やかで温かな人たちなので、すぐに大好きになりました。

私のパートナーは、「笑い」を心の友とし、「人への奉仕」を大切に、「探求を深めていく」研究心をもち合わせた人柄の温かい方ですが、彼のご家族と出会った時に、彼という人格形成が、このような家族のもとに生まれ育ったからこそ育まれたものと、深く納得したものです。

「土地や地域の人々のこと」

住まいは、アスファルトと排気ガスのメッカの地域から、自然の多い場所に移りました。今の私は山々や田や畑、そして、色とりどりの草花やちょうちょたちを愛でながら、季節の移り変わりを肌で感じたり、その土地の野菜や果物をいただくことを心から楽しんでいます。

自然が豊かゆえ、時期が巡ってくると、近くの河川で数千の天然のホタルを見ることができます。限定的な時間帯に何千というホタルが勢ぞろいするのです。スマホの小さな画面に収めようとしても、どうしても映らない、その場に行かないと味わえない異次元の空間が創られます。私たちは、ホタルたちの放つリズミカルな光のダンスの中に惹き込まれ、無心になります。ただただ幸せを感じるという「愛」の時間がやってくるのです。自然の奏でるものには、本来の愛の姿を思い出させてくれる力があるのでしょう。

また、出会う人々も、本当に優しく、温かい気持ちになることが本当に多いです。郵便局でエアメールを出す時にも、カフェでコーヒーを注文する時にも、クリーニング店に行く時にでも、あらゆる場面においてです。出会う人すべてが、私に関わることを自分事としてとらえ優しく接してくださいます。そのような出会いのたびに、胸の奥からじぃんと熱いものがこみ上げてくることが少なくありません。


お気に入りのカフェにいた時のエピソードだけでもたくさんあります。

ある時には、小さな女の子がずーっと泣いていました。ベテラン店員さんが、クマさんのぬいぐるみをもって、女の子の目線まで体をかがめ、あやしに来てくれました。また、私が席でコーヒーをこぼしてしまったので、台ふきを借りようとしたら、台ふきとともに真新しいコーヒーと優しい笑顔をくれた店員さんがいました。私の注文するものまで覚えて、先に言ってくださる店員さんもいました。片付けようとすると、これ以上ないくらいの満面の優しい笑みをむけながら、「そのままで大丈夫ですよ〜。」とニッコリ目線を合わせてくれて、トレーを預かってくれる店員さんがいました。

ガラス越しに見える山々が心地よくて、立ち寄ることが増えたこのカフェでしたが、景色だけでなく、店員さんたちの温かな「愛」にもいつも癒されてしまいます。

だからここにくると、私も、そんなかゆいところに手が届くような仕事をしていきたい、私も誰かに優しくしたいと、いつも思ってしまうのです。

「仕事のこと」

今、療育に関わる機関に勤めています。

そこには、私の大好きな子どもたちがいます。年齢は、小学生から高校生までと幅広いです。そこでは毎月、手作り雑貨市を開催しています。そのため、革細工や竹細工・刺繍などの製作に充てる時間がたくさんあります。私は生け花が好きなので、ある時、ドライフラワーや造化で小さなフラワーアレンジメントを作りました。そのアレンジメントがあっという間に売れたそうです。今、スタッフたちと商品として利益を出すための素材検討などをしています。本当に至福な時間です。


この職場に至る経緯は、今思っても不思議な流れだったなぁと思っています。

ある時、求人応募しまくっていました。それが一息ついた頃に、応募したうちの一つである事務所から連絡が来てつながったご縁でした。

今思い返せば、その頃は心身ともに疲れてしまって、「何でもいいや！」という（半分投げやりな）感じでした。こんなにいろいろなことができるのに、毎日パソコンに向かって自分時間ばかりももったいないなぁなどと、変な自尊心ももっていました。また、「仕事」という自分の居場所を見つけたいのかどうかもよくわかっていませんでした。

代表の岡山さんは、会った瞬間、ぱぁっとその場が明るくなるような方でした。教員歴のある私の履歴書を見て、「学校の先生はもういいんですか?」と聞かれました。

「学校は私にとって、違う場所なんです。グレーゾーンの（集団に入りにくいという特性をもちながらも、特別な支援を受けるなどの配慮がなされていない）子どもたちがいつも気になり、そういう子どもたちへのケアや、親御さんへのフォローをすることに心を砕いていた教員時代でした。教員をやっていると、他の業務が忙しすぎて、そのことに心を砕く時間があまりとれないのです。」

とそのようなことを言った記憶があります。

岡山さんは、まさに「グレーゾーンの子どもたちへの支援」を形にしている方でした。そして、まだまだその子どもたちにしてあげたいことがたくさんあるようで、次から次へと湧いてくる言葉があるようでした。近々立ち上げる（18歳以上の自立支援のための）事業所の話もしてくださり、私の秘書技能検定資格をみて、その新しい事業所でもいずれマナーを教えてもらうこともできるかもしれない、ともおっしゃいました。「そうやって私のスキルが生かされていくのかなぁ。」とにわかに嬉しくなって、生け花師範ももっている旨を伝えると、「お花ができる人、探していたのです!」ということでした。

面接の時間は、本当に楽しい時間で、ずっと岡山さんと話していたい衝動に駆られるほどでした。

面接は、即採用でした。

職場のスタッフたちは、各々が得意なことをしていました。ある方は、刺繍や料理が得意でした。ある方は革細工が得意でした。また、陶芸が得意な方、畑仕事が上手な方、数学のプロなど、本当に多岐にわたっていました。

皆さんが自分の好きなことをやっているので、どんどん創意工夫が生まれてくるし、楽しそうにやっていて、いつも笑い声が響いています。そのような職場に通うようになり、私の思い描いていた世界が、まさにこの形だとはっきり認識しました。

教員時代のことです。

子どもたち一人ひとりが、全員別々の才能をもっていることに気づいてからは、クラスの子どもたち一人ひとりの才能を伸ばすよう意図し始めるようになっていきました。するとクラスがとても活性化してくるのです。

勉強の得意なほのかちゃんは、授業中、率先してみんなを引っ張っていってくれました。気配りが上手なえりちゃんは、遊びの仲間に入れないみよちゃんを優しく誘ってくれていました。みんなが気づかないようなところを雑巾がけしてくれ、綺麗にしてくれるそうたくんがいました。

そうして、子どもたちみんなが、自らの才能を発揮していった結果、対外的にも評価されるような出来事も起きました。

　本が大好きなちえちゃんは、図書の時間や休み時間に本を借りまくり読みまくって、全学年で一番本を読んだことで表彰されました。ちえちゃんとは、休み時間に図書室への行き来の際、廊下でしょっちゅうすれ違いました。そのたびに、「また本借りたんだねぇ。いいね。」と声をかけると、ニコッと控えめな笑みを返してくれました。どんな子にも「休み時間は外に出なさい！」という指導の仕方もあるけれど、「みんなが、休み時間を自分のやりたい時間にできて良かったなぁ。」と感じた瞬間でした。

　また、年度末の修了式の日に「学年振り返りと来年の抱負」をクラス代表として発表したのあちゃんは、書いた文章を読み上げるのではなく、原稿用紙一枚分ほどの分量の言葉を、何も見ずに発表することができました。彼女は当時小学二年生でしたが、全学年の各クラス代表の中で、何も見ずに話した児童は彼女ただ一人でした。とても堂々としていて、見ていて本当に誇らしい気持ちになりました。もちろん、事前に発表のコツを教え、少しは一緒に練習しましたが、家でも発表の練習をしてきた彼女の成果の賜物であることは言うまでもありませんでした。のあちゃんは、もともと授業中も自分の意見を発表するのが好きでした。

　そうです。のあちゃんは自分の才能を小さな舞台で発揮し続けたことで自信をつけ、そして大きな舞台で発揮したことで、他の先生方からも評価してもらえるようになっていったのです。

私は、これらの経験から、子どもたちの短所よりも長所に目を向け伸ばしていくことが、たくさんの相乗効果を生み出していくことにつながると感じました。また、それと同時に、それこそが本来の私たちの姿なのだということにも気づきました。まさに、子どもたちが自分の特性を生かし始めた時、オーケストラのハーモニーのような調和された感覚が起こったからです。

こんな世界が、ますます広がっていくことに貢献していくことが、私自身の幸せだなぁと心から感じています。ですから、自分の才能を活かして生き生きと働いている方々のいる職場に出会った時、私の心が大きく反応したのでした。

「母のこと」

どんな人にとっても、母の存在は大きいと思います。例外なく、私にとっての母の存在も大きく、自分の母が教えてくれたことを、しょっちゅう思い出しては生きる指針にしています。

その大切な母は、今は認知症を患い、自力で起き上がるのも困難になってしまいました。それでも、かんたんな話ならうなずきながら聞いてくれます。調子のいい時に、小さい声ではありますが返答をしてくれたり、笑顔を返してくれたりすることもあり、そんな時には、いつもよりほっこり嬉しい気持ちになります。

ある時、母は療養している病院を出ないといけないことになりました。一生その病院にいるものだと覚悟していたので、病院からの急な提案に驚きと不安がよぎりましたが、仕方なく施設を探し始めました。そうして、施設見学をしていたら、すぐにとても雰囲気の良い施設に出会ったのです。そこには私の大好きな犬がセラピー犬として放し飼いされていました。体は大きいのですが、動きはゆっくりで、人懐っこく近づいてきてくれるような犬たちでした。また、スタッフの方たちはこちらが一つ聞くと、十も十五も教えてくれるような方々です。教えてくれる時も、めんどくさそうなそぶりは一切見せずに、むしろ笑顔いっぱいです。施設見学の際、一階で話していた時には、スタッフやら施設利用者やらその家族やらが（ワンちゃんも）、すぐわきの通路をたくさん行き交っていました。それがまた、とても風通しの良い雰囲気を感じさせてくれました。面談で、つい「私がここに入りたいぐらいです！」と湧き上がる思いを抑えきれずに懇願したら、係の方は「いやいや、娘さんはまだまだ何十年も先のことですから～。」と手を大きく左右に（ダメダメ～と）振りながら笑っていました。

「ここに決まるといいな。こんな相談員さんや、看護師さん、お医者さんのもとで、お母さんが暮らせたら幸せだろうな。」と思っていたところ、何年待ちといわれるこの施設に即入居できることになったのです。

入所時の説明では、コロナのためオンライン面会ということでしたが、それでもしないよりはいいかなと思い、入所後少しして、オンライン面会の予約をしました。すると、「今月から窓越し面会に変わったのです。」とほぼ対面と変わらないような面会の形に変わっていました。「ラッキー。」と心の中で叫び、小躍りしました。

それから時々面会に行きますが、そのたびに、付き添いのヘルパーさんや看護師さんなどが、母の様子を細かく教えてくださいます。手指を動かす体操をしている動画を見せてくださったり、行事の出来事を教えてくださったり、仲の良いヘルパーさんとのエピソードを話してくださったりします。

面会のたびに、母との写真を撮りますが、先日は施設内のクリスマスツリーを背景に母と横並びで撮ってくださり、ますます嬉しい気持ちになりました。「本当にここに入れてよかったなぁ。温かい出会いが嬉しいなぁ。」と、心の底から思っています。

母も私もつくづく幸せ者です。

「夫と共に働くということ」

夫には、長年学び実践してきた特定の分野がありました。彼自身、その分野について学びつくしたという達成感をもっていましたので、それらの知識や技術をたくさんの方に還元すべく、彼主宰のセミナーを開催することになりました。

私は、日々教壇に立っていた頃の知恵を分かち合いながら、アシスタントとしてサポートしています。教員時代に授業をたくさんしていた経験が、ここで役に立っていることを感じることもあり、人生にムダなことはないなぁと感慨深い気持ちになります。

また、サポートしながらも、さまざまな気づきをもらっています。

特に感じるのは、受講生それぞれの方が、全然違うバックグラウンドをもち年代も様々であるのに、場の違和感などは全く感じず、教室の雰囲気がいつも調和されているということです。夫はもちろんその場では講師という存在ではありますが、受講生の方々とともに分かち合い・助け合いをしているというのが、私の目から見ても、しっくりきます。とても温かい空間であり、この形は私の作りたい世界そのものなので、私自身もその空間の中で同調している感覚があり、心地よさを感じています。

ただ、ある時、受講生の方の一人がおっしゃっていたことがありました。

「ここの皆さんが優しいので、安心して話せます。」と…。

「それは良かったねぇ。」と温かい空気に包まれました。ですがその時「あぁ…、この心地よい雰囲気はすべての空間で起きていることではないんだな。」と再認識し、自分の心の深いところが何かに反応するのを感じていました。

「この世の中には、まだまだ悲しみや怒りや許せない思いが渦巻いている。そして、私自身の中にもまだそれらはある。」ということを意味していました。

私たち一人ひとりが、これらのもの（悲しみや怒りや許せない思いなど）を、一つ一つ手放していかない限り、戦争は終わらないのでしょう。つまり、すべての空間が心地よさで満たされていくことはないのです。本当に、一人ひとりが、ひとつ、ひとつ、地道に行っていくしかないのだなぁという思いがフツフツと沸き上がってきました。

心の奥の方で、〝ローマは一日にして成らず〟という声が聞こえてくるようでした。

また、夫とは向かうゴール（伝えたいこと）は同じなのですが、「夫が山側の道をたどっていくなら、私は川側の道をたどっていく。」「夫がバイクを使うなら、私は電動自転車を使う。」という感じなので、（ゴールに向かう）途中で見える景色も違えば、乗り物の乗り心地も違います。

今、お互いがそれぞれの（ゴールへの）道すじを認め合い、応援し合うという関係性を育みながら、いい循環が生まれていくのを感じています。

〝内面的な部分〟

私自身、今、本当に自分のやりたいことをやり、本当にありたい姿でいることを心から喜んでいます。

私は、〝書く〟ということを人生の喜びと感じています。

何かをきっかけに、伝えたい思いがあふれてくることが多々あります。そしてその時、それらを（紙面上に）書いていかないとフラストレーションがたまるような感覚になるのです。本当に、書きたくて書きたくて仕方がないのです。時間をとって、ノートにペンを走らせたり、パソコンに入力したり、あるいはスマホのボイスメッセージ機能でメモに残したりと、活字として目に触れることができるようになった時、大きな安堵感が私の中に宿ります。

手紙を書く時も、儀礼で書くというより、そのような衝動のような欲求のようなものに突き動かされて書くことが大半です。

家庭をもってからは、しばしば家事に追われ、そのような時間がとりにくくなることがありますが、あまりにもその状態が続くと、温和な自分が保てなくなるのもわかっているので、「今はどうしても自分の時間がほしい。」と家族に伝え、配膳をそれぞれでやってもらうなどして、家事から解放される時間を確保するようにしています。

私が書く手紙が、読む相手の心にふっと入り込み、安らぎを与えるのを感じることがよくあります。また、私が発信するメッセージが、相手の心を緩ませる力を宿すことを感じることもあります。本当に、私自身の心の深い部分を感じながら発する言葉たちは、目の前にいる人の心の深い部分に入り込みます。そんなことを、私はいつも感じています。

「書く」こと以外にも、料理やお菓子作り、生け花、子どもたちとの対話、心について探求を深めることなど、大好きなことはたくさんあり、今、本当にそれらを楽しんでいます。そして、今やっていなくて、これからやりたいと思っていることもあるので、この先の人生も、とても楽しみです。

「私をここに導かせてくれたもの」

私自身は、本質的には、小さな頃から全然変わっていません。

変わったことといえば、自分が「やってみたい」と思う気持ちを〝より〟大切にするようになり、「心地よい」と感じる環境に身を置くようになってきたことです。そのことで、幸せや充足を感じる時間が増えてきました。

私に、〝書く〟という人生の喜びがあるように、すべての人たちにも、必ず自分自身の人生の喜びがあると思っています。なぜなら、誰もがみな人生を楽しむために生まれてきたからであり、そのため人生を楽しむためのアイテム（＝好きなこと、つまり才能）が必ず与えられているからです。それは、野球の才能かもしれないし、もしくは、エンターテイナーとしての力量かもしれません。お料理だったり、人を安心させる才能かもしれないです。

私は、教員時代、子どもたちの中に潜んでいる才能を見つけ、伸ばすことが大切だと強く感じました。その才能は、自分や他の誰かに気づいてもらい（見つけてもらい）、人生に活かしてもらうことを待っています。そして、その人自身の才能は、大人になった今も、まだ気づかれていないことが多いのです。なぜなら、才能に生き始めた時、人は幸せを感じはじめますが、幸せを感じていない人が世の中にはまだまだたくさんいるからです。

もし、あなた自身の才能が「何か」見つかっていなくても大丈夫です。探し始めたら、必ず見つけることができます。なぜなら、「あなたの才能」は、見つけてもらうのを待っているのですから。

見つけた時には、疑いもなく、「あっこれだ！」って必ずわかりますよ。

【あなたの才能に気づくワーク】

☆子どもの頃、好きだったこと／よくやっていたことは何ですか。

（好きな言葉をメモすること、絵を描くことなど）

（　　　　　　　　　　　　　　　　　　　　）

☆暇ができるとやっていることは何ですか。

（カフェで読書や感じたことを書き留める・料理・お菓子作り・手紙を書くなど）

（　　　　　　　　　　　　　　　　　　　　）

☆人から褒められるものは何ですか。(自分では大したことと思っていないものでも)(手紙などの文章・生け花・料理など)

(　　　　　　　　　　　　　　　　　　　　　　　)

このワークで、書いた中にあなたの才能が眠っている可能性があります。

才能とは、外からやってくるものではなく、あなたの内側にすでにあるものです。そして、そのことをやっていると、あっという間に時間が過ぎていきます。そして、それはすでにやったことがあります。

これは、多くの方がそのように言っているのをどこかで見聞きしたことがあるかもしれませんが、本当にその通りなのです。

余談ですが、私が小さな頃好きだった「花の子ルンルン」というアニメがありました。そのお話は、女の子が『七色の花』を探しにヨーロッパ中を旅するお話でした。「あった！」と喜ぼうとすると「違った。」と落胆する、ということを繰り返します。そうしてついに、なんと自分の家の庭に『七色の花』が咲くのを見つけるという結末でした。

私は子ども心にも、その最終回のシーンが印象的で、頭から離れませんでした。

…大切なものは、一番近くにある…

それが私の中に刻まれた瞬間でした。
あなたの大切なもの（才能）は、あなたがすでにやっていること（一番近く）の中にあります。

（2）以前の私～不幸の中で

〝子どもの頃〟

「心の内」


私は小さい頃、一人ぼっちだと感じながら生きていました。

実際には、お母さんがいたし、近所の人もいたし、おばあちゃんも親戚のおじさんやおばさん、いとこなどもいました。そして、学校に行けば、同世代の子どもたち、そして先生たちもいました。

それなのに、いつも一人ぼっちだと感じていたのです。


なぜ、生まれてきたのだろう？

なぜ、大人たちは子どもの頃の心を忘れてしまっているのだろう？

なぜ、私はみんなに嫌われてしまうのだろう？

なぜ、けんかばかりしてしまうのだろう？

なぜ、なぜ、という思いが子どもの頃とめどなく出てきては、私の頭の中をかけめぐっていました。そして、頭の中で、感じていることや思っていることを自分とお話しして、それだけで完結している日々でした。自分と話が合い、分かり合えるのは、唯一、頭の中でもう一人の自分とお話ししている時だけでした。

「出生〜」

私が母のお腹に宿った時、私の父親には妻子がありました。母は、私を一人で育てると決め、出産したそうです。当時母は、水商売での仕事をしていました。母が働いている夜の時間は、私は託児所で過ごしました。そこには、同じ年頃の子どもたちが預けられていたようです。夕飯を食べ、子どもたちで遊んだり、おやつを食べたりして過ごし、夜には就寝したようです。そして、母の仕事が終わる頃、ちょうど日付が変わる頃に起こされます。母の迎えがあり、一緒に家に帰って眠るという、生活だったようです。

その頃の記憶は、私にはほとんどありません。ですが、母からは、私がかわいがってもらっていたこと、母は、いろいろと託児所職員の方にお礼を渡すなど、私がかわいがってもらえるように、気を配っていたとのことなどの話を聞いたことがあります。

「育ての父のこと」

日中は、母はたいてい家にいて、洗濯や料理などクルクルと働いていました。そのような中、母の（水商売の）お客さんが、ぬりえや子ども向け雑誌などの手土産を持ってきてくれたので、その時々の訪問客に、一緒に遊んでもらっていたのを記憶しています。

小二の頃、そのようなお客さんの一人が、我が家で生活を共にし始めました。その人が一緒に住み始めてから、母の言葉が、相手の人の言葉に似て乱暴になっていったように感じました。その言葉遣いに、私は嫌悪感をもつようになっていました。

その人、つまり育ての父が住み始めた後も、夜、母が水商売の仕事に行くことは変わりませんでした。母の仕事中は育ての父がいるので、私は託児所には行かなくなりました。彼には、社交的な側面がありましたが、母が仕事などで、育ての父と二人になる時には、違う面を見せてきました。気に入らないことがあると、暴言・暴力で押さえつけられることも、しばしばありました。子どもの身体を軽んじていたのでしょう。私の身体を触ることなどもありました。また、我が家の家計は火の車になりました。母が一人で稼いで、育ての父はギャンブルをし、お金をどんどん使っていったからです。そしてそれは、彼の晩年まで続きました。そのため「（我が家には）お金がない」というのが、母の口ぐせでした。それでも、母は、必要なもの（学童品など）は、きちんと揃えてくれていたし、食事も必ず作ってくれていました。いつも仕事詰めで、ものすごく忙しい人でした。ある時から、昼夜働くようになり、それは私が成人を過ぎる頃まで続きましたが、母は外でも中でも、人一倍働き者でした。

「外的環境」

子どもの頃から、私にとって本当に毎日が喧騒でした。いつも誰かに批判され、自分も周囲を批判ばかりしていました。友だちとの温かい友情を育んでいるクラスメートもいましたが、私は完全に、その対極にいました。また、私は、自分の運動能力のなさや容姿などを疎ましく思い、スポーツ万能だったり、容姿端麗だったりするクラスメートに憧れ、媚びるようなところもありました。でも、そのようにしてつながったクラスメートたちは、私を大切にしてくれるどころか、私の容姿を否定してきたり、仲間外れにしたり、裏で悪口を言っていたりしました。

それはまるで、硬く古くて臭いソファに腰かけていて、「嫌だなぁ。」と感じながらも、そのまま座り続けているというような状態でした。居心地が悪いから、常にイライラしていましたし、そのため、怒りっぽくて、周りにきつい言葉ばかりを投げていました。

また、出会った大人たちの中には、いい人もいましたが、そうでない人もいました。小学生時代、担任の先生で、私の頑張りを認めてくださったり、良さを評価してくださったりする先生方がいました。一方で、子ども会ドッジボールの監督は、明らかに私のことを排除するような言動を繰り返していました。

当時いる場所から逃げ出したくて仕方がありませんでした。大好きな「親戚のみえこおばさんの家に行きたい」と思いを馳せていた、あの頃のことを昨日のことのように思い出します。

そんな子ども時代、唯一私を慰めてくれたことは、母や親戚のおじさんおばさん、祖母などと一緒にお墓参りや親戚参りをすることでした。自分に優しい大人たちと過ごす時間は心地よかったし、お寺のお線香の香りも私を心地よくさせてくれました。

そうしていくうちになんとか学生時代をやり過ごし、社会に出ることになったのです。

〝社会人になってから〟

高校卒業後、専門学校を経て無事就職した私は、子どもの頃できなかった、習い事に励みました。心理学や哲学、自己実現などに興味をもち書籍で学びました。さらに生け花、硬式テニス、英会話、簿記、大学進学、教員免許取得など、次から次へと学び続けました。『学び』そのものが好きでしたが、いくら学んでも、いつもどこかに満たされない思いがあることを感じていました。

それでも、はたから見れば、一般的な幸せを手に入れている人生に映っていたと思います。なぜなら私は、年相応の年齢で結婚し、家庭をもちましたし、その後も実母や義理の両親の助けを借りつつ家事と育児と仕事を両立させていたからです。

何一つ、不自由なものなく、過ごしているように見えたことと思います。でもなぜか、満たされない思いがぬぐわれることはありませんでした。ただ、その頃には、自分は自分のやりたいことをやっていないということには、ぼんやりと気づいていました。「やりたいこと」＝「生きがいのある仕事」だという認識の中での模索の結果、教員という仕事が自分の天職だと感じるようになりました。そして、その数年後には教員免許を取得、念願の教員職へと転身したのです。

これで生きがいを感じながら満たされると思った私を待っていたのは、抱えきれないほどの仕事でした。その頃、夫の給料も年齢とともに上昇しており、私たち夫婦の収入は、結婚当初と比べてグッと上昇していました。貯金もコツコツと貯まり始め、子どもたちの将来のため、住宅ローンの返済のためなど、資金計画を考えた貯蓄もするようにもなっていきました。

教員の仕事はさらなる多忙を極めましたが、「家族との時間を大切にしながら、自分の好きな仕事を楽しんでいく」日がそのうち来ると信じ、今の仕事のコツを早くつかもうと、目の前の仕事に邁進しました。

すべては順調に進んでいるかのように見えていました。

〝転機のサイン〟

ところが、私の転職から一年と少し経った頃からでしょうか、我が家の預貯金が減り始めました。ギャンブル癖や風俗通いの過去歴がある夫が使うお金の量が明らかに増えていたのは、確固とした現実ではありましたが、夫にわけを聞いても、生活資金のためにお金を使っていると言うだけで、何も変わりませんでした。

どう考えても理に合わないと思う一方で、「こんなに忙しい思いをして働いているのに貯金が増えるどころか、どんどんお金が減っていく」という現実を突きつけられ、なすすべもないまま、時は流れていきました。

もうすでに疲れ果てていました。長年の努力が報われないことを感じながら、どうしていいのかもわからず、心も体も折れる寸前でした。

これが、私にとっての転機でした。

「本当の私」は、自分自身の幸せの道を歩みたいと望んでいました。育ての父と似たような嗜好の男性と結婚し、稼いだお金が稼ぐ以上に失われていく、というループの中で、心身ともに疲弊しきった時に、ようやく、これは自分の生きる道ではないと気づいたのでした。そして、その時から、私の中の「本当の私」が少しずつ顔を見せ始め、正しい人生の方向への舵取りをし始めてくれたのです。

今はわかります。

私は子どもの頃から長年、「恨み」「憎しみ」の世界にいました。だからこそ、いつも居心地の悪い状態にありましたが、そのことをちっとも認識していませんでした。むしろ、「自分はいい人」であると思い続けてきました。そして「私はいい人だけど、あの人は……。」というように、他人をジャッジし、批判するような気持ちをもち、言動に表すということをし続けてきていたのです。その在り方は、幸せの在り方とは対極にあるものでした。

育ての父のことは、殺してしまいたいほど憎んでいました。そう思っているうちに、彼は病気で亡くなってしまいました。彼の死後、もう育ての父はこの世に居なくなったから「すべて終わったんだ…。」と思っていましたが、彼を許せているわけではありませんでした。

そしてそれは彼が病気で亡くなった後も、「恨み」「憎しみ」という鎖で、ずっと彼とつながり続けているということを意味していました。

なにも終わっていなかったのです。私は、自分でつないだその鎖により、身動きがとれずにいたのでした。そんな中にいて、真の幸せを感じることができるはずがなかったのです。

そのような自分と決別し、幸せに生きる自分の在り方を模索する日々が始まりました。

〝ゆるし〟

私にとって育ての父を許すことは、「育ての父とつながっている鎖を解放すること」であり、私自身が自由になるということでした。相手を許すこととは、実のところ、自分自身を自由にすることだったのです。

そして、すべてのことは、同じカラクリで習得されていきます。自分の中のジャッジに気づき、その下に深い悲しみがあることを知ることで、「恨み」や「憎しみ」を手放すことにチャレンジしていきました。

私にとってのそれは、育ての父を「許すこと」でした。


世の中の多くの方が、自分を傷つけたであろう誰かを恨み、憎しみを抱いています。

そして、その「恨み」や「憎しみ」は、相手ではなく自分自身を不自由にさせています。さらには、そのことにより、自分の幸せが遠のいてしまっているのです。まずは、その事実に気づく必要があります。

正直、そう簡単には変わらないのが現実ではありますが、ここ（許さない『自分』）を変えないと、その先の幸せにはたどり着けないというのを、強烈に感じています。

（3）変化するためにやったこと〜幸せになる方法

私自身のこのような変化、つまり「不幸のどん底にいた私」から「満たされて幸せな状態」への変化は、どのようにしてもたらされたのでしょうか。

すべてのカギは、「心」の変容だったのです。

それはまるで、大きな船が方向転換する時に舵を切りはじめるようなものでした。船は方向転換した時、目には見えにくいけれども、少しずつ、少しずつ、方向を変えていきます。そうして、だいぶ時間が経って振り返ると、確実に船の方向が変わっているのです。それと同じように、私の人生は、最初は、はたから見るとよくわからないほど、ゆっくり、ゆっくりと、方向転換していきました。

そうして確実に変容をすすめていった結果、今日の自分へとたどり着いたのです。

こんなどん底にいた私に変容が起こったのですから、このような〝幸せな人生〟を送ることは、誰しもができます。

〝好きなことに変化の入口がある〟

私は、いつの頃からか、できる時はいつも、ただただ、カフェなど自分ひとりでゆっくりとできるところに行き、心ゆくまま読書をしたり、感じたことや本を読んで心に響いたことなどを、ノートに書き留めたりすることをしています。私の場合、ノートにペンを走らせることで心が落ち着いてくるのです。数時間、そんなことをしていくうちに、自分が満たされていくことをいつも感じ、意欲がわいてきます。

「本を読むこと」も、自分自身の心地よさを感じる時間でした。

子どもの頃、よく読書したというような記憶はあまりないのですが、会社に就職してから、書店で自分の読みたい分野の本を買うようになっていきました。そうしていくうちに、読書がとても好きになっていったのです。

本を読んでいると、心が別世界に行きます。成功した人の本を読んでいる時には、自分も成功者のような感覚になるし、小説を読んでいると、まるで自分が登場人物の一人であるかのような感覚にもなってきました。美しい描写を思い描きながら、巧みな文章表現に魅了されている自分もいました。そんなふうに、ますます本が好きになっていきました。

会社員時代、そして母になってから、さらには会社を辞めて教員として過ごした、これまでの長い年月の間に読んできたたくさんの本には、その時々の私の悩みを解決する言葉がいつもあり、その言葉たちのおかげで自分を保つことができるのでした。

そうしていくうちに、「自分らしい人生を送りたい。」「幸せを感じていたい。」「家族との時間を楽しみたい。」「自分の好きなことをして、生活を成り立たせたい。」と心の奥深いところでの熱望が頂点に達し、「それができる世界があるのだ。」ということを教えてくれる本との出会いがあったのです。

「あなたは自分らしくありながら、人生を謳歌することができる。」という言葉を本の中に見つけました。今、その本の名前すら思い出せませんが、その後、その著者から実践的に学ぶ機会にも恵まれたのです。

まさにそれは、青天の霹靂《へきれき》でした。

それから、自分自身の人生を生きることを徐々に「許可」することができるようになり、私の人生がそれまでとは全く違う方向に向かい始めたのです。

〝違和感を指針にする〟

「違和感を感じる」

教員時代の私の悩みは、毎日が忙しすぎたので、「もっと自分のために時間を費やすとか、もっと家族と笑い合う時間をどうやったら創り出せるのか？」ということでした。それは、「もっと自分や家族のための時間を創り出せるはずなのに、どうしてこんなにも忙殺される日々なのか。」という違和感との出会いでもありました。

すべての変化は、こうした違和感に向き合うことから始まりますが、多くの人はスルーしてしまうようです。もっともな理屈をつけて…。

この時、スルーしないで向き合うことが肝要となってきます。

以前、教員職に就いたが「なんか、こんなふうに働くのは自分の本意ではないな。」という違和感に出会った方がいました。その方は「自分の望む仕事の形ではない。」と早々に見極め、その仕事と決別をすることを決めました。今は、教員ではない別の形で、子どもたちと過ごすことを楽しむ時間を得たようです。

また、校長職をされている方と話していた時のことです。私が「正規教員の仕事をしている時、自分の子どもの面倒をみられなかったことを悔やんでいます。」と言ったことがありました。その方は言いました。「教員をしていたら、それは仕方のないことです。私だって、仕事で泊まりがあった時には風疹の息子を夫に預けたこともあります。中学校で生徒指導をしていた時には、何週間もまともに帰宅することができなかったこともあります。でも、夫に育ててもらえてラッキー、もうかった、って感じでしたよ。」と明るく返答されていました。

我が子が病気の時に仕事を優先させないといけない現実は、「本当に『その方』にとっての『ラッキー』だったのかな?」「我が子が苦しんでいる時には、そばにいてあげたいと思うのが母親の本能なのではないのかな?」また、「毎日家に帰って家族と食卓を囲むことではなく、時間外の仕事を優先させることが正義なのかな?」はたまた「仕事をとるか、家族をとるかという二者択一しかないのかな?」などと、とめどなく疑問が湧き上がってきたのを思い出します。

今、結婚や出産を経て仕事を継続する女性は、以前に比べますます増えています。

ですが一方で、母としての権利を主張しながらでは、望む職を得にくいという現実がまだまだあるのかもしれません。だから、女性たちは自分の感覚を麻痺《まひ》させてしまうしかないのかなと感じます。

病気の子どもの世話を旦那さんにしてもらってラッキーだというふうに。

このような時に、「子どものそばに居たい。」というような自分の心に忠実になろうとすると「子どもをとって、仕事では周りに迷惑をかけるのか。」と周囲にとられてしまうのでは？　という思考に向かってしまうのかもしれません。そういった場合には、自分の中にある「違和感」（本当は違うんだよなぁ？）に蓋《ふた》をして、今の（職場での）立場を守り続けるための行動をとり続けてしまうのでしょう。

ただ、ひとたび自分の心の声を大切にし始めたら、自分自身の幸せの道が開かれていきます。そして、自分の心の声に耳を傾けるのは、いつからでも遅くはないのです。また、「自分が自分でいられないなぁ。」と感じている、つまり、現状に危機感をもっている時はまだ本来の自分に戻れる余地があります。ですが、教員の世界でも多く見られるように、「まぁ、仕方ないでしょ。」「こんなものでしょ。」「他にやることないから、踏ん張ってやっていくしかない。」などと自分をだまし続けた結果、アンテナが麻痺してしまい、危機感すらもたなくなってしまっている場合、現状が変わるのはとても難しいです。そうしていくうちに、本当の自分自身からますます離れていく現実の中、人生という貴重な時間を送っていくことになるのです。

「自分の望む世界を知る」

今いる世界が自分のいる世界ではないと感じたら、まずは、自分が望む世界をはっきりと確認する必要があります。

私が本当に生きていきたい（望む）世界は、
・身の回りの人と（特にパートナーと）、自分の考えや感じることを共有している。
・周りの人がみんな温かくて、私もいつも温かい気持ちでいる。
・身の危険は何もない。何の心配もしなくていい。安心感の中にいる。
・自分の好きなことをしている。文章を書いたり、心のことについて、温かな会話を交わしたり、子どもたちと一緒にお菓子をつくったりして楽しんでいる。
・苦手なことは、誰かが助けてくれる。私も、得意なことで誰かを助けている。
・私の考え、感じることに賛同してくれる人たちがたくさんいる。私の本や話で、人々の心が浄化されていく。そして、そのことが自分にも幸せをもたらしてくれる。
という世界でした。

パラレルワールド（＝この世界にある、いくつもの並行世界のこと）は存在しています。自分が選んだ世界に住めるのであれば、私は、自分が本当に生きていきたい世界に移り住みたいと、思いを馳せるようになっていきました。

あなたにも「望む世界」があるのではないでしょうか。もしも、自分が選択する世界に住めるとしたら、どのような世界に住んでみたいですか？

あなたが想像することのできる世界は、実際に存在しています。ですから「○○な世界に住んでいる。その時△△な気持ちでいる。」と、まずは仮定してみてください。仮にそうなれなかったとしても、「望む世界」を思い描いたところで、何も失うものもないし、お金もかかりません。この時、ご自分の望む世界を「具体的に思い描く」ところから始めてみるのがおススメです。

ワーク形式になっています。読み進めながら書き込んでみてください。（実際に書き出していくことで、あなたの内側にあるものが外側に出てきてくれます）

【あなたの望む世界では】

☆あなたは誰と一緒にいますか。（心温かな配偶者と共にいる、気持ちを分かち合える仲間と共にいるなど）

（　　　　　　　　　　　　　　　　　　　　　　）

☆あなたはどこにいますか。（自給自足できるような田舎、緑の多い郊外など具体的な場所）

（　　　　　　　　　　　　　　　　　　　　　　）

☆あなたは、何をしていますか。（教師、編み物などの仕事や趣味など）
（　　　　　　　　　　　　　　　　　　　　）
☆あなたは、どのような感情でいますか。（安心感、平和を感じているなど）
（　　　　　　　　　　　　　　　　　　　　）
☆あなたの周りの人は、あなたをどのように評価していますか。（素晴らしい存在だと評価してくれている、自分の価値を認めてくれているなど）
（　　　　　　　　　　　　　　　　　　　　）

以上です。あなたが望む世界はどのような世界だったでしょうか。より具体的に詳細に想像したい方は、もっと掘り下げて、書き出していってください。そのことが、新しい現実を創り出すことに大きな助けになっていきます。

繰り返しになりますが、〝あなた〟の世界を創り出していくのは〝あなた〟なのです。

「今の現実とのギャップを越えて」

そのうち、私は、自分の望む世界にいる時の感情と、今の現実にいる時の感情に違いがあることに気がつきました。私が住みたい世界にいる時、私の心の状態は、「とっても平和な感覚で優しい気持ちでいる、温かい」状態です。

私は、ポジティブな感情をもつことで、望む世界を生きることができるのだということがわかりました。ネガティブな感情をもっている時には、望む世界に自分のチャンネルがあっていません。だから、ネガティブな感情が出てきたら、ただちに捨てて、ポジティブな（平和を感じている、安心感を感じているなどの）感情に書き換える、つまり「チャンネルを合わせる」必要が出てきます。

このように、私の場合「平和や安心感をもつ心の状態」を保ち続けることが、チャンネルを合わせ続けるということになるので、イライラしたり、誰かを羨んだり、不安になったりした時には、「大丈夫だよ。」と自分に言い聞かせ続けました。このようにして、常に平和や安心感という心の状態でいられるようにする練習が始まりました。

目の前に、犬が通った。

←ちょっと邪魔だな。なんで人の前を通るの？　とイライラ…。

←嫌な気持ちになったから「ネガティブ感情」だな。

←ネガティブな感情は手放すぞ。と心の中で唱える。

←ネガティブな感情を体の中から取り出し、手の上に乗っているとイメージする。

←外に、ポイッと捨てる。

と、こんな調子です。そして、手放せたかどうかは、あまり気にしなくて大丈夫です。そうしていくうちに、だんだんと目の前の現実からポジティブな感情をもてるようになってきます。ポジティブ筋肉が少しずつ、つき始めていくのです。

お気づきですか？

実は、起こる現実に「ポジティブ」とか「ネガティブ」とか色付けしているのは、自分自身なのです。実際には、「ネガティブな出来事」「ポジティブな出来事」というものは存在せず、「出来事」はいつも「中庸」（つまり、ネガティブでもポジティブでもありません）です。

人が傷つけられた時もネガティブとは言えないの？　という疑問が出てくるかもしれませんが、私たちは本来、肉体の存在ではなく「魂」の存在です。だから、肉体が傷つけられても、本家本元の「魂」が傷つけられることはありません。そのため、肉体にとってネガティブに見えることでも、本来の姿である魂の視点から見つめなおすと、ポジティブなものととらえなおすことができるのです。

私たちが目の前の現実に対して行うネガティブな色付けは、ネガティブな現実を創造していきます。なぜなら、あなたの「心の状態」はあなたの目の前の世界を創り出しているからです。

そして実は、「イライラ」していたり、「不安」になったりしている時があると気づいた、その瞬間から、あなたの変化はすでに始まっています。気づいたということは、もうあなたはその状態から離れていることを意味しています。

想像してください。あなたは森の中にいる時、森を見ることはできません。ですが、森の外に出て、外から森を見ることで、自分のいた場所は森だったのだと気づく（知る）ことができますね。それと同じことです。

「気づく」＝「自分はそこから離れている」、ということを示しています。そして、繰り返しの練習を経ていくうちに、いつのまにか「望む世界」に住んでいる自分に気づくことになります。

あなたも、自分の住みたい世界がわかったら、「気づく」ことでその場を離れ、自分自身のチャンネルを住みたいチャンネルの世界に合わせてください。テレビでフジテレビを見たかったら、フジテレビにチャンネルを合わせるというような具合です。テレビ朝日のチャンネルに合わせながら、フジテレビを見ることはできません。

現実世界においても同じことが言えるのです。

「意図することの大切さ」

常に「私は、ポジティブな感情を選択する」と、意図していきます。ポジティブな意図からしか、ポジティブな（望む）現実を創り出していくことができません。

なぜ「意図」することが大切なのでしょうか。

東京から伊豆に行きたいのに、東北新幹線に乗ってしまったら、伊豆には着けません。伊豆急踊り子号に乗る必要があります。自分の行きたい場所があるならば、そこに行く電車に乗らなければなりません。このように、望む世界でポジティブな感情を感じていたいなら、「望む世界の中でポジティブな感情でいる人生行き」の電車に乗る必要があるというわけです。

人は「なんとなくここに居た」ということはなく、必ずそこには意図が働いています。たとえ不本意だと思われる現実がやってきた時でさえ、実は（自分で気づかぬうちに）、そのような意図が働いているのです。

パートナーとの間には、ネガティブな感情が出やすいものですね。言い方を換えれば、この（ポジティブ選択の）意図を実行する絶好のチャンスです。

私とパートナーの話です。

私は、さまざまな事象において、心の状態に注目することを第一義と考えています。それに対して、パートナーは、体と心と両方同じように、あるいは、体をまず第一に考えることで様々な問題を解決していけると考える傾向があります。

ある時「Aさんが真夜中にチョコレートをパクパク食べてしまう」という状況について話していると、二人の意見がはっきりと分かれました。

私のパートナーは、その行為は体に悪影響を与えるのだから、何にせよ、「Aさんは夜中にチョコレートを食べることをとにかく止めるべき。ただそれだけ。」ということでした。さらには「ダメって言っても食べるのだったら、どうしようもない。」ということでした。

一方で私は、一般的に「真夜中にチョコレートを食べることが体にいい。」と思っている人はそうそういないという前提があります。そのため、そのような行為に至るには何かわけがあると考え、チョコレートを食べてしまうのに至るまでの心理状況を見つめるのです。Aさんの場合は、常にストレスが強くかかっている状態であることが多いようでした。

活動しすぎであり、体も心も常に疲れています。このような時、人は正しい判断力ができなくなってきます。その結果、暴飲暴食してしまうのです。

この時、ただ、「真夜中のチョコレート禁止令」を出しても、今は、ブレーキが壊れて止まれない車のようなものなので、食べちゃう衝動（アクセル）を抑えられない（ブレーキが壊れているので止まれない）状態は続きます。どうしてそういう行為に至ったのかという根本的な原因である「疲労」自体に目を向け、疲労をためてしまった『環境の見直し』をしたり、疲労をためてしまうような『活動の仕方を変化』させていったりするというようなことにエネルギーを注いでいくことが必要と考えるのです。

なぜなら「真夜中にチョコレートを食べてしまう」体さんからのメッセージは、そこにあると思うからなのです。


そのような会話を交わしていたら、パートナーは、事あるごとに「心の状態」を見つめる私に対し、体を軽視していると指摘し、もっと体を大切にすることに意識を向けるべきだ、と主張し始めました。もちろん、スポーツを行うとすがすがしい気持ちになる、ヨガをしたら気持ちいいなど、体にアプローチして、心が軽くなることがあるように、体へのアプローチがあることも、否定しているつもりはありませんでした。そして、きっとパートナーも、心からのアプローチがあることを否定していたわけではなかったと思います。

ですが、このやりとりをしていくうちに、パートナーとの関係性がなんとなく戦闘態勢に入ったことを感じました。そしてそれと同時に、彼と戦争したくないという感情が湧き上がってきました。

ここで、「ポジティブ意図」がにょきにょきと顔を現してきたのです。「平和的な感情、ポジティブな感情を選択したい。」と感じ、温かな感情を選択するための模索が私の中で始まりました。

ふと、ひらめきのような、ステキな感覚が湧き上がってきました。「私たちの目のつけどころが、違うところにあるのはとてもステキなこと」ということでした。私のパートナーはこれまで、添加物の多い食べ物や飲み物などの影響により、体のことでたくさん苦労してきました。一方、私は家族関係に悩み続け、心にフォーカスしてきた人生を歩んできました。お互いの経験が異なるため、自分の辛い経験から深めた分野がずれています。そのために生じた意見の食い違いということを感じ、そこに私の意識をフォーカスしました。

すると、「私たちって、凸凹の関係性だなぁ。」と思いました。つまり二人いるから、良いところを合わせたら補い合える、ひいては二人合わせたら、違う知識や経験値が増えて二倍以上のパワーになるなぁとも感じました。

ということは、「二人ともステキな見方をしているよね。」と感じたのです。

感じたことを話し始めたら、それまで、「肉体軽視で（私の言うことが）理解できない。」と言っていたパートナーも、同調してくれました。そうして、「本当に、お互いが素晴らしいよね。」という意見で合意したのです。お互いがすっと明るい表情になり、何だかすがすがしいような、誇らしいような気持ちになりました。

以前だったら、「私の方が正しい、あなたのここがおかしい。」などと、お互いが、自分の正義を主張し、相手の欠落部分を指摘し合うという、双方ともが嫌な気分になる循環に陥っていました。でも、嫌な気分になるということは、嫌な現実を引き寄せていくことに外なりません。だからこそ、このようなタイミングで、いい気持ちになる考えを選択し、行動に移していくことが肝要なのです。

このように、日常に起こる些細な出来事を、ポジティブな視点でとらえなおし、言動に移していくことにより、平和なコミュニケーションが訪れたり、温かい関係性が形成されていったりします。

日常において、パートナーや親子・兄弟間でのやりとりは、第三者から見られていない場で起こることが大半です。この時、自分の中に第三者をおいて、「ポジティブな意図を選択しよう」と自分自身に声掛けしてみてください。

誰も見ていない、聞いていないと思う時にも、あなたはあなた自身を見ています。あなたの言葉、思いを聞いているのです。

また、他の人に嘘をつけても、あなた自身には嘘はつけません。

早く変化したければ、自分に正直になり、身近な人との関係のなかで自分自身を変容させていくことを始めていってください。


大切なことは、何が起こっても、そこからポジティブな感情を採用するということです。

そのことが、あなたの望む世界にチャンネルを合わせることになります。

自分の人生に満足し、幸せを感じて生きている人たちはみな、このことをしています。

ありきたりのことのように聞こえるかもしれませんが『何気ない』日常に目を向けることが一番の近道です。

〝自分の魂とつながる〟

自分の魂とつながるとは、どのようなことなのでしょうか。

本来、私たちは、魂そのものです。

その魂である私たちが肉体をまとい、この地球に降り立って様々な経験をしています。そしてその様々な経験は、私たちの魂がより「愛」の存在へと成長していくために必要な経験であります。「愛」の存在とは、「調和」「平和」「安心感」「受容」「慈しみ」「思いやり」をもたらす存在ということです。そのような私たちは、地球に生まれ落ちてから「疑う」「嫌悪する」「怒る」「嫉妬する」などの感情を味わうことに多く遭遇します。

そしてある時、私たちは気づくのです。「こういうのは嫌。もっと、みんなで仲良くしたい。」と…。そして「どのようにしたら、みんなといて調和を感じられるようになるのだろうか。」と思うようになっていきます。そうなってくると、私たちの本質は「愛」なのですから、不要なもの・違和感のあるものをそぎ落とさなければなりません。そのために、そういうことに気づかされるような出来事に遭遇していくのです。

それぞれの気づきは、様々なタイミングで訪れます。

ある人は、オーケストラのハーモニーに感動する時かもしれません。またある人は、自然の中に身を置いている時かもしれません。そしてまたある人は、仲間とともに何かを達成した時かもしれません。「愛」の中にある時、すべてが調和されています。そして、綺麗な音色が共鳴し合い、人々の心の中にある、本質的なところである「愛」の核が振動するのです。

このように「愛」の中にいる状態が、「自分の魂とつながる」ことであり、これこそが本当の自分を生きるために必要なことなのです。

「自分の魂とつながる」ための手法としては、瞑想、ヨガ、呼吸法、アロマテラピーなど様々なものも提唱されています。自分を静寂の中に導く方法ということですね。気に入ったものを取り入れるのもいいかもしれません。その時には、まず小さな自分のくつろぎ空間を見つけてください。そして、それを見つけられたら、ほんの数分からでいいので、瞑想などのくつろぎ時間を設けるようにしていってください。

そうしていくうちに、自分本来の「愛」「安心感」「慈しみ」「思いやり」などの心地よい感覚が少しずつ戻ってきます。そして、自分の居心地の良いと感じる、心の奥深いところへ、自分を連れて行けるようになります。

それは、私たち自身の魂とつながることを意味し、自分自身を取り戻すという作業につながっていきます。

また、もしあなたが今、あまりにも忙しすぎると感じているならば、意図的に、静寂の中に飛び込む必要があるでしょう。

人は忙しすぎる時、本当の自分からどんどん離れていきます。忙しいとは、読んで字のごとく「こころ（心）をな（亡）くす」と書き、自分の心がどこかに行ってしまう状態を表していることからもわかるでしょう。
そのため、瞑想したりヨガをしたりするということだけでは、なかなか静寂に入れないと感じる場合、しばらく休暇をとって旅に出るなど、今やっていることを思い切ってリセットする必要があるかもしれません。遅すぎるということはありません。今、この時からで大丈夫です。本当の自分に戻るための一歩を踏み出してください。

〝観念を見つけ出す〟

「今の現実は誰にでも変化させることができるのです。」と書かれた本に続けて書かれていた言葉は、「『自分自身を変化』させることによって、現実の変化が起きる」ということでした。

『私自身を変化させる。』

にわかにはよくわかりませんでした。自分は自分のできる精いっぱいをやっていると思っていましたし、周りにもいつも良くしてもらっていることを感謝しているし…。まぁ、家の中はいつもゴミ箱をひっくり返したような状態ではあるけれど、忙しくて、そこに手間はかけられないし…（ゴミで人は死なないし…）。「『私自身の何かを変える。』ような余裕などあるのだろうか…。」などとぼんやりと考えていました。

ですが、そのように考えを巡らせているうちに、自分の中に「観念」というものが潜んでいるということに気がつきました。

観念とは、「自分はこうなんだ」という、ネガティブな思い込みのことです。

例えば、「自分はいつも忙しい」「自分はみにくい」などと思い込んでいることなどを言います。そのネガティブな思い込みが反映され、今の現実を創り出しているのです。

私は、自分が手にしている観念を手放す必要がありました。

まず、私は自分の中に潜んでいる「観念」を見つけ出すことから始めました。

私の中にあった観念は、

・私は、いつも家族のために頑張らないといけない。
・私は、どんなに頑張っても報われない。（仕事、プライベート関係なく）
・私は、愛されたい人には愛されず、幸せな家族をもつことができない。
・私は、自分の幸せは後回しにしないといけない。
・私は、いつも何かに追われている。いつも忙しい。
・私は、認められない。
・私は、否定される。

・私は、邪険にされる。

これらのような事柄を私はかたくなに信じていました。

私はそれまで、「悠々自適な生活をしたい」「幸せを感じていたい」という願いに向かって、行動していたと思っていたのですが、根っこの部分（つまり、現実を創り出している源）が違っていたということに気づかされたのです。私自身が、その観念をもっているがゆえに、今の現実が起こっているのです。そうとわかったら、その観念を少しずつ手放すことで、観念に基づいた現実が少しずつやってこなくなりました。

まず、「どんなに頑張っても報われることがない。自分は愛されたい人に愛されず、幸せな家庭をもつことができない。」という観念に対して、「大丈夫。私はいつでも報われる。愛されたい人に愛されるし、大切にされる。そして、幸せな家庭を築くことができる。」というポジティブな言葉を想像しました。それでも最初のうちは、パートナーの言動を受け取る時に、ネガティブな観念が邪魔をしていました。そして、「私が頑張っていることを分かってくれない。助けてもくれない。」という思考になり、パートナーへ辛辣な言葉を投げかけてしまうのでした。

ですがだんだんに、パートナーの言動の奥にある「優しさや思いやり」に目を向けられるようになってきたのです。

あなたの中にも、「観念」が見えてきたら、手放してみてください。方法を示しておきますね。

【観念手放しワーク】

1．嫌な出来事を思い出す。（例：彼とケンカした）

（　　　　　　　　　　　　　　　　　　　　　　）

2．どうして嫌だったのか考える。（例：彼が私の言うことをわかってくれなかった）

（　　　　　　　　　　　　　　　　　　　　　　）

3．そこにどんな「観念」があるか見出す。（例：私は自分の言うことを理解してもらえない）

（　　　　　　　　　　　　　　　　　　　　　　）

4．その観念の対極にある、ポジティブな信念（アファメーション）をつくる。（例：私は、いつもみんなから理解され受け入れられる）

（　　　　　　　　　　　　　　　　　　　　　　）

5．4の言葉を、何度も唱えながら、本当にそうなっている自分を想像する。心の奥から嬉しい気持ちが湧き上がってくるまで、唱えてみてください。

以上です。そう、単純なことなのです。私は本当に、このことを繰り返しただけです。

もし嫌な気持ちがして、観念があるなぁと感じた時には、できるだけこのシンプルな作業をしてみてください。しばらくは『何も変わらない』かもしれません。それでも続けてください。

必ず変化が訪れます。

〝まずは小さな変化を起こしていくこと〟

一足飛びに筋肉がつかないように、現実も、一気にネガティブからポジティブに変容しません。ですが、あなたが変わっていけば、目の前の現実が少しずつ、あるいはある時には急に、というふうに確実に変化していくような感覚になってきます。

その変化を見つけていくことが、さらに前進していくためには大切なことです。

たとえばそれは、今までは感じていなかったけれど、目の前の店員さんのちょっとした優しさに感動することかもしれません。あるいは、今まではそうでもなかったけれども、あなたの旦那さんが微笑んで「ありがとう」と言ってくれることかもしれません。

ある日のことです。私のパートナーが、私の書いた付箋を職場に貼り付けているのを見つけました。

それは、たまたま手作りデザートを入れたタッパーに貼り付けた「いつも、おしごとおつかれさま。」という付箋のメモでした。「なぜ、このメモ書きを貼っているの？」と聞くと、「しんどい時に、そのメッセージを見て元気を取り戻す。」ということでした。「せっかく貼るなら走り書きでなくて、きれいな紙にていねいな字で書くよ。」と言いましたが、「それじゃダメなんだ。」ということでした。

その言葉にじぃんとしました。ささやかな思いやりをパートナーが大切に受け止めてくれているというありがたい現実が、私の目の前に起こっていました。

この出来事は、私が母からずっと教えられていたこと、つまり「見た目でもなく、どれだけ高価かどうかでもなく、『どれだけ心をこめたかが大切なこと』」を思い出させてくれました。私は、そんな母のような「『心』を大切にする人をパートナーとして選んだのだなぁ。」と感慨深くなり、さらに、心の奥深いところがじぃんとし、温かい、望む世界にいるような感覚になりました。このように心が喜ぶ変化を見出すことで、望む世界にいる自分が少しずつ定着していくのです。

最初は、『たまに』かもしれません。そのうち、『時々』になり、そうしていくうちに『ずっと』望む世界にいるという状況がやってきます。

以前の私なら、さっきの付箋を見て理由も聞かず、「なんでこんな汚いのを貼っているの?」とか「こんなの恥ずかしいからはがして。」となっていました。当然そのような反応をした時、その場にはパートナーの理解されない悲しみのエネルギーが広がります。そして、そのような反応をしている私は、怒ったりイライラしたりと荒いエネルギーを放出してしまっています。これで、幸せな未来を創り出すと思いますか? 答えはノーです。

つまり、「小さな変化」とは、事象の変化ではなく、「自分自身の(事象の)捉え方の変化」に外なりません。

日常の中の小さな感動を積み重ねていってください。そして、感動できた自分をその都度、「ステキだね。」って褒めて認めてあげてくださいね。

〝完ぺきにできなくていい〞

きっと今のあなたにとって「自転車に乗る」というのは簡単でしょう。

でも、実際に自転車をスイスイとこげるようになるまでには、練習が必要だったと思います。何日も何週間も、人によっては何か月も練習して、転んだり曲がれなかったりなどという経験を、何度も何度もしていくうちに、少しずつ乗れるようになっていきますね。

私も、意図してからも、うまくいかない経験も山ほど体験しています。でも、それでもいいということを知ってください。

私のエピソードです。

以前、離婚調停していた時のことです。最初に弁護士さんに伝えたことは「泥沼は嫌です。平和的解決、何よりも早期解決を第一義に考えています。」ということでした。そのようにしたいと思ったのには理由がありました。離婚調停という話し合いが長引けば長引くほど、ネガティブ感情に引きずられてしまうから、少しでも早く話し合いを終わらせることが肝要だと考えていたのです。

また、離婚調停の期間は、「ポジティブな感情を選択し続ける」という目標もありましたが、これがまた大変なことでした。いざ調停が始まると、想像以上に、気分の良いものではないということに気づきました。

うまく、ポジティブな感情を選択できたなぁと思う日もあれば、「なんでこんなふうに言われないとならないのー。」とか「どうしてこんなことしなくちゃならないのー。」などと否定的な感情が湧いて、落ち込むことが何度もあったのです。

でも、この嫌な気分をもち続ければもち続けるほど、嫌な現実が目の前にやってき続けてしまうということはわかっていましたので、一層、一刻もはやくこの言い争い状態を終わらせたいという気持ちを強くもつようになっていきました。ただあまりにも、そこだけに集中していたので、その他の部分においては援助が入りました。私が（金銭的に）損をしてでも早く調停離婚を成立させようとした時には、弁護士さんが、わざわざ損をする必要はないと、自分のもらうものはしっかりもらうべきと教えてくれました。常識的に見て、明らかに法外なお金を要求された時も、「こういうものは黙って払ってはいけません。」と意見してくださり、私の権利を守ってくださる具体的配慮も講じてくれました。

正直あの頃は、本当に多くの葛藤の中にいました。いつも緊張状態だったためか、何がポジティブで何がネガティブかもよくわからないような状態でもありました。ですが、このような中でも、子どもたちは元気に学校に通い、友だちとも仲良く過ごしていました。これは、私にとって何よりの救いでした。

一方で、同居している母の体調が悪くなりました。病院への入退院を繰り返したり、施設への出入りがあったりと、大きな変化がありました。こんな時には自分自身の心が、ポジティブなものを選択し続けるように意図していくというのは、全く至難の業でした。「私の離婚騒動が、母の体調悪化に影響を与えている。」と考えずにはいられず、打ちひしがれる思いでした。何よりも、私と同じように、離婚調停・子育て・要介護の母のケアを同時に経験している人もそばにいなかったため、よくあの時を乗り越えたものだと、今ではそんなふうに振り返ります。

そして、今思い返しても、当時たくさんの援助がやってきていました。調停中に母の具合が悪くなり、一人でどうしようかと思った時には、親戚のおじさんが何度も足を運んでくださいました。もうどうにも家で母をケアできないような状況になっていった時にも、地域のケアマネージャーさんを始め、訪問精神科医、デイサービスのスタッフの方々など、その他にもたくさんの方々に助けられました。子どもたちの学校の先生方にも、精神的にもたくさん助けていただき、温かい励ましに涙が出てくることもしばしばでした。

そのようなおかげもあり、なんとかポジティブな感情を選択できるように努力し続けられる日々があったのだと思います。

自分が「ポジティブな感情を選択していく」と決めた時、乗り越えることが難しいと感じるような状況においては、必ず援助が入るようになっているのだということも、この経験でよくわかりました。

「人生は、絶対大丈夫なようにできている」のです。

私の例は少し極端な例だと感じる方もいるかもしれませんが、進みたい方向に舵を切り始めると、たくさんのサポートがやってくるのは真実なのです。

できることからでいいです。小さな一歩を踏み出してみてください。

（4）私に起きた変化

私の住む世界は、一八〇度変化しました。

今、私の周りには、現実世界の創造の仕組みを理解する人があふれています。自己実現を果たしている人、今まさに自己実現しようとしている人々が多く存在しています。そのような中、温かい人間関係を大切に過ごしています。

でもこれは、昨日気がついて今日変化したというものではありません。私にとって、「パートナー」との関係性だけでも、自分の内面と向き合わざるを得ない多くのことがあり、それらに直面してきました。


私は以前のパートナーとは、家庭をもち長い年月が経っていました。そんな彼とは、ある時から連絡事項を伝え合ったり、食事を食べたりすることだけでつながるようになっていました。自分が感じていること、考えていること、興味をもっていることを身近な人とわかち合うことは私自身の喜びでしたが、当時のパートナーは対極のところにいるということがわかってからは、彼と心を伝え合おうという気持ちは萎えていき、この距離だけ離れていれば一緒に居られるという、ちょうど良い距離を見つけるようになったのです。良好なパートナーシップを育むということはできませんでしたが、当時は、それでもいいと思っていました。

ですが、自分の世界を変容させたいと思った頃から、心の内を話し合ったり、それぞれが勉強したりしながら、一緒に成長していけるパートナーとともに歩んでいきたいという『思い』が、自分自身の中にあることをはっきりと認識するようになったのです。そして、その『思い』は、そういう世界がきっとあるという『希望』に変わり始めていきました。その時から、新たなパートナーシップを築き上げようという『挑戦』が始まったのです。

まず、それまで心の距離を置いていたパートナーと、もう一度向き合うことを決めました。

私は改めて、彼に「自分の感じていること・考えていること・今興味をもっていること・どんな方向に向かっていきたいかということ」などを、話してみることから始めてみました。彼は聞いてくれました。彼自身の考えや感じていることなどを話してくれることは相変わらずなく、心を見つめるなどということには、全く関心があるようには見えませんでしたが、私が学ぶ勉強会に彼自らの意志で参加したこともありました。

ですが参加してみた結果、彼はその場から一瞬にして立ち去りたくなるほど、嫌悪感が湧き上がってくるという状況になっていることが、彼の表情や態度をみれば明らかでした。彼がその場にいることが気の毒になるほどでした。

私にとって心地よい場所が、彼にとっては全く不愉快な場所であったのです。心の内を語り合うような人たちとの出会いを、彼は全く求めていませんでした。私が目に見えないものに興味がある一方、彼は目に見える欲を満たすことに一番の興味があるのだということを再認識させられました。価値観が違うのは、とうの昔に気づいていたし、それでも「一緒に居て楽しい」時間を過ごす方法があるのではないかと模索していました。

一番身近にいる人（私にとっては、夫でした）との関係性が良くなることが、人生を好転させていくコツだとも感じていたので、改めて会話を試みたり、一緒に過ごす時間をもってみたりして、お互いが居心地のよいと感じる『何か』を探していました。ですがそのたびに、どうしても会話が前に進まないという状態に陥っていったのです。彼との距離を縮めようとすればするほど、彼との間にある溝が深くなっていくのを感じるようになっていきました。この先、子どもたちが成長した後も、彼と一緒に過ごしていくということも考え難くなっていきました。

そうです。私の場合、自分自身と向き合い続けた結果、当時のパートナーと決別する方向へ向かってしまったのです。実際には、過去においてパートナー（当時の夫）に助けてもらったこともちろんたくさんあります。そのことについては今でも感謝しています。

でも自分の本心に気づいてしまうと、もうその本心からの声を無視することはできなくなってしまいました。

そして、彼との決別を決断したのです。

もしもあの時、自分自身に向き合わなければ、本当に欲しいパートナーシップについて真剣に考えなければ、いまだに一緒に過ごしていたと思います。そして、実際、当時のパートナーとの決別には多くの抵抗がありました。それでも私の決断が変わることはなく、前に進み続けました。何もかも失うかもしれない恐れよりも、自分に嘘をついて生きることの方が、私にとっては耐え難いものでした。

そうして私は、弁護士や調停委員の方々の専門的かつ客観的な支援を受けながら、法的な離婚という形をとることになりました。

そうやっていくうちに、気づいたら今の温かい環境が巡ってきたのです。

振り返ると、決別を決めた時からこのような現実の変化が訪れるまでに、数年の歳月が流れていました。

☆1．幸せを妨げるものを知る

あなたが幸せになることを妨げているのは、何だと思いますか。

それは、他の誰でもないあなた自身です。あなた自身が、あなたが幸せになることを妨げています。

私は、長いこと、「育ての父のせい」で幸せな家庭ではないと思っていました。彼の死後は、「旦那さんのせい」で私も子どもたちも恵まれないと思っていました。そして、そうだという証拠はいくつでも列挙することができました。

でも、誰のせいでもないのです。あなたの幸せはあなたの責任です。

「根っこにある観念」

以前の私は、結婚し家庭をもちながら、会社員を経て、念願の教師という職を手に入れたにもかかわらず、仕事は多忙を極めました。一方で、家の貯蓄が目減りしていくだけではなく、職場においては保護者から陰湿なクレームを受けたり、校長先生から「給料ドロボー。」と言われたりしました。同僚の先生は助けてくれるにしても、裏では陰口を叩いていたり、下心をもって近寄ってきたりするということもありました。『保護者とは、いったい何だろう?』『先生とは、いったい何だろう?』と頭を抱えずにはいられない現実に翻弄されていました。

この私の中に潜む観念には、次のようなものがありました。
・「私は、何をやっても認められない。」＝労働（家事労働を含めて）
・「私が一生懸命築こうとするものは、壊される。」＝家庭の平和
これらの観念は、いつ作られたのでしょうか。
それは昨日でもなく、三年前でもなく、十年前でもありません。私たちの人生の最初である「幼少期」に『観念』ができます。家を建てる時の「基礎工事」や、教師が授業づくりをする時の「目標設定」などと同じです。すべての『大切な土台』は、最初につくられるのです。

そこで、まるで記憶のない幼少時代を思い出す作業が始まりました。

私の母は、未婚の母として、私を出産しました。相手の方には妻子がありました。私は、「自分は、堂々と公の世界に出てはいけない。出ても自分は認められることはない。」「どんなに頑張っても、報われることがない。」「自分は愛されたい人に愛されず、幸せな家庭をもつことができない。」という、とても根深いネガティブな観念を、この時つくってしまったことに気づきました。
ほんの小さな子どもの時の出来事が観念をつくり出すなんて、信じがたいものでしたが、私の目の前に現れる現実は、私の観念の在り方そのものでした。

【あなたの中に潜んでいる観念を見つけるワーク】

小さな頃の出来事がきっかけで、あなたの中に大きな観念がつくられています。その観念を外すために、あなたが小学校に上がる前までの幼少期に起こったことを思い出していきましょう。

☆あなたが生まれた状況はどのようなものでしたか。(両親の元、病院で生まれたなどの外的環境)

(　　　　　　　　　　　　　　　　　　　　　　　　　　　　　　　　　　)

☆小さな頃、辛かった出来事は何ですか。また、特に辛かったと感じていなくても、はたから見て辛かっただろうなぁと思う出来事は何ですか。(あなたの幼少期を知る方に尋ねてみるのもよいかもしれません)

(　　　　　　　　　　　　　　　　　　　　　　　　　　　　　　　　　　)

☆最近起こった、似たような(辛いと感じる)出来事は何ですか。(観念が外れるまで、何度でも気づきのために同じようなことを感じさせるような経験が訪れます)

(　　　　　　　　　　　　　　　　　　　　　　　　　　　　　　　　　　)

あなたの中に潜んでいる観念のために、あなたの人生の中に、繰り返し繰り返し同じような出来事が訪れています。そしてそれらの出来事は、決してあなたをいじめるために起こっているのではなく、「この観念を外して幸せになろうよ。」と一生懸命にあなたに語りかけているのです。

その観念を見つけたら、①目をつむって、②その子ども（自分の幼少期）を思い描き、③心の中で抱きしめるのです。ぬいぐるみや枕などを持ちながらイメージする方がやりやすい方は、そのようにしてみてください。そうしてその観念を外すことで、同じような嫌な体験が起こる必要はなくなり、目の前の現実に、また変化が訪れます。

「あなたの進化を邪魔するエゴ」

「観念」の他にも、私が幸せになることを邪魔する存在がありました。それが、「エゴ」です。つまり、「自分の利益だけを考えた言動」です。

実は私、離婚する以前にも、何度も別れることを考えたことがありました。ですがそのたびに、「子どもがいるから、別れられない。」「子どもたちにとって、両親揃っているという状態を保っていたい。」「一人では、経済的にやっていけるかわからないから別れられない。」という理由をあげ、本気で別れることへの一歩を踏み出すことはせず、長いこと過ごしていました。でも、それらの理由は本心の声ではなく、エゴの声でした。エゴは、正義という仮面をつけているので、もっともらしく聞こえます。

「行動を起こさない理由」が自分の中から湧いてきた時、もう一度自分を見つめてみてください。そこに、あなたのエゴが潜んでいるかもしれません。

私の根っこにある、（生みの父との関係性における）観念を知り、書き換え、自分の中にあるエゴの声に耳を傾けることを止めた時、私は当時のパートナーと別れることを決断することができたのでした。

決めた時、私は定職についていませんでした。別れたいと言い出した後、様々な抵抗がきただけでなく、子どもと一緒に暮らし続けられるのかどうかも全然わかりませんでした。

☆2．幸せになると決める

「決めると動く」という経験は、皆さんにはありますか。

私は、これまでの人生で、何度もそのような経験をしてきました。

就職してすぐに、英会話を習い始めた時には、英語がペラペラになりたいと思っていました。

自称英語が苦手の私がスタートしたのは、六段階ある一番下のレベルからでしたので、恥ずかしくて、どのレベルになりたいかは言えませんでした…。上から二番目のレベルだと、そうとう流暢なレベルなのですが、実はそこが目標でした。

英会話スクール第一日目に、ネイティブが発音する英語が何一つ理解できなかった私は、それから英会話漬けの日々が始まりました。レッスンには足しげく通い、少しずつ言葉がわかる時も増えてきました。文法が必要と感じ、文法書を学びなおしました。また、お気に入りの洋画を見つけては、字幕を見てネイティブ英語を聴くということを、何度も何度も繰り返しました。英会話教室が主催するイベントには積極的に参加し、ネイティブ講師との会話を楽しんでもいました。そうしていくうちに、なんと一年三か月ほどで目標を達成してしまったのです。

また、教員にも偶然になりえたわけではありません。公立学校の正規教職員として働くことを決め、一歩を踏み出した結果です。子育て・家事・フルタイムの仕事をしながら教員免許を取得しました。さらに自治体の教員採用試験にも合格し、正規教職員としての勤務を果たしたのです。

もちろんたくさんの助けがあったからというのは言うまでもありません。それでも、そのような状況で教員免許を取得した人は見たことがないと、何人もの方に驚かれました。

ほぼ十年がかりで手にした正規教職員という立場でしたが、数年働いた後辞職することになりました。その時私は「今後、本を出版する」ということをうっすらと意図し始めていました。人生においてまったく初めて挑戦する分野でしたし、はっきり意図するということに、自分自身の何かが大きく抵抗しているようでした。それでも、その意図に向かうべく模索が始まりました。何をどうしたらよいかわからないところからのスタートでしたので、教員免許取得のように、この道をたどれば本を出版できるというような「本出版コース」なるものを探し、いくつもの講座に参加しました。ハウトゥーを学んだり、編集者、編集経験者、著者にも何人にも会いました。もちろん、そのどの方からも学ぶことはありましたし、企画書を書いてみたり、出版のための文章を書いてみたりしたこともありました。でも私は、有名作家にバツを出されたり編集関係者に文章を評価してもらえなかったりするたびに、書くことをやめてしまっていました。そしてこれまで、一つの作品を作り上げることをしたことがありませんでした。

結果がすぐに出なかったので、もともとせっかちな私は、書くのをやめるたびに、学校で非常勤講師として働きました。ですがそのたびに、やはりそこは自分の居場所ではないと再認識させられるだけで、『虚しさ』という冷たい空気が自分の中を吹き抜けていくのでした。

そのようなことを繰り返しながら途方にくれることもありましたが、何度も湧き上がる『出版』への思いに耳を傾けていくうちに、「いつも、書くのを途中でやめてしまっていること」に、はたと気づきました。

そこから、一つの作品を書きあげるという作業への道のりがスタートしたのです。これは、出版に続く道のりの一部なのだと、今ははっきりとわかります。当時、すでに何十冊も出版している知人にこんなことを言われました。「まず、あなたの中にあるものを外に出す必要があるね。そうすると、そうやって出てきた言葉たちは自分たちが行くべきところに向かって、自分から飛んでいきはじめるのだよ。本を出す方法なんていくらでもあるよ。」本当にシンプルなことでした。「一冊の本を書きあげる」、自分の中にある伝えたいことを一つの形にまとめ上げることが、最初に私のすべきことでした。そして、ようやく今こうして、本の出版が成し遂げられたのです。

みんなそれぞれつまずいている部分は違うでしょう。ですが決めることで、そのためのサポートがあらゆる方向から入ってきます。つまり、あなたが「『幸せな人生を生きる』と決めれば」幸せを生きるためのサポートが間違いなく入ってきて、あなたは『幸せな人生を生きる』ようになるのです。

私の以前のパートナーとの決別を決めたことについては前述のとおりです。

この時、「私のようにできる人は稀だ。」と言う人もいました。「あなたには子どもがついてきてくれたから、そういう決断ができたのでしょう?」と言う人もいました。「仕事をしていなくても教員免許があったから、収入の心配はなかったのでしょう?」とも言われました。「女だから、子どもが絶対に味方になってくれるとわかっていたのでしょう?」とも言われました。私が決めて行動し変化に至る過程の中で、それらの揶揄は時折やってきましたので、そのたびに「自分がやっていることは間違っているのだろうか?」「自分はずるいのか?」と自問することもありました。それでも、立ち止まることなく前進し続けました。

もしあなたが行動を起こそうとした時、それらの揶揄が来てしまったら、決してそれに引っ張られてはいけません。

揶揄の声の出どころはどこだと思いますか。そうやって揶揄している人たちが実際にいるのだから「〇〇さんということはわかっている。」とおっしゃるかもしれません。ですが、実際は、その人ではありません。自分自身の中にある『嫉妬心』です。相手の声として聞こえていると感じているのは、実は自分自身の(エゴの)声なのです。

マザーテレサの言葉があります。

人は不合理、非論理、利己的です
気にすることなく、人を愛しなさい

あなたが善を行うと、利己的な目的でそれをしたと言われるでしょう
気にすることなく、善を行いなさい
目的を達しようとするとき、邪魔立てする人に出会うでしょう
気にすることなく、やり遂げなさい
善い行いをしても、おそらく次の日には忘れられるでしょう
気にすることなく、し続けなさい
あなたの正直さと誠実さとが、あなたを傷つけるでしょう
気にすることなく、正直で誠実であり続けなさい
あなたが作り上げたものが、壊されるでしょう
気にすることなく、作り続けなさい
助けた相手から、恩知らずの仕打ちを受けるでしょう
気にすることなく、助け続けなさい
あなたの中の最良のものを、この世界に与えなさい
たとえそれが十分でなくても
気にすることなく、最良のものをこの世界に与え続けなさい
最後に振り返ると、あなたにもわかるはず
結局は、全てあなたと内なる神との間のことなのです
あなたと他の人の間のことであったことは、一度もなかったのです

マザーテレサ『あなたの中の最良のものを』

「『あなた』と『他の人』の間であったことは、一度もなかったのです」とは、すべては『あなた自身』の中で起こっている…ということなのです。

深い深い教えです。

☆3．人生の仕組みを知る

「愛に生きるのが本来の道」

愛に生きることが私たちの本当の生き方です。

本当の世界は、平和・光・安心・調和の世界です。私たちは、調和の素晴らしさを知っているから、素晴らしい調和（ハーモニー）を奏でるオーケストラや、子どもたちが運動会で見せる表現などに心が共鳴し感動します。

以前、ウルトラマラソンの競技に「愛」を見たことがありました。

「ウルトラマラソン」なる競技を知ったのは、以前ランニングを習っていた頃のことです。ランニングインストラクターの方が一〇〇kmのウルトラマラソンを完走したと話してくれていたのですが、「私には全く縁のない超人の世界だなぁ。」と思っていたのを今でも思い出します。

時を経て、その「ウルトラマラソン」に、私のパートナーが参加することになりました。ものすごい挑戦者だなぁと思う一方、私には絶対無理だなぁとそんな気持ちで他人事としてみていました。

当日あいにくの雨の中、直前の数日間体調を崩していた彼は、あまりいいコンディションとはいえない中参加しました。私は、彼のエイドサポートのため同行しました。会場に着くと、すでに一〇〇kmランナーが出発した後でした。私たちが到着した頃、七一kmランナーがスタートしました。

そしてしばらくした後、彼の参加する六〇kmランナーたちが出走しました。

スタート地点で見ていた時の、スタートナビゲーターの方の言葉がとても印象的でした。「一緒に走るランナーたちは仲間です。われこそはこのチームを引っ張っていこうという方は、ぜひスタートライン前方にきてください。今日は完走を目標にしようという方は後方にて、二列に並んでください。」

「この後、何度もランナーたちとすれ違うと思いますが、すれ違ったら是非『ファイトー』と声を掛け合ってください。苦しい時ほどニコッとしてみてください。そうすると、苦しいことも乗り越えられます！」

「救護の場所が、Ａ地点とＢ地点に用意されています。あんパンやゼリー、ようかんなどの栄養も用意されていますので、休憩も十分にとってください。そしてきつい時は、勇気あるリタイアをしてください。」

「みなさんは仲間です。ぜひ皆さんで仲良くゴールしてください。」

というようなアナウンスを、笑顔を交えながら行っていたのです。

フルマラソンの様子を見たこともあるので、その延長だと思っていた競い合うという「競走」のイメージが一瞬で覆されました。実際に走り出してからも、ランナーたちは、「タイムを競う」というよりも、「長距離を完走する」ということが第一義にあげられているので、走れる時には走り、しんどい時には歩いたり食したりしながら参加していました。一分一秒を競う感じではないので、我先に追い越そうという人は全く見られず、優しい世界だなぁと感じるとともに、これが私たちの本来の世界の在り方なんだなぁと感動しました。

みんなで、励まし合って、助け合って、笑顔を送り合って、競うことなく、それぞれのペースで進む。」「しんどい時には、いつでも休むことができて、飲み物も食べ物ももらうことができる。」「完走したら、みんなでおめでとうとフィニッシャーズＴシャツがもらえる。」って、とてもステキだと思いませんか。

もちろん、ハーフマラソンやフルマラソンでも、同じような部分もあるかとは思います。

ですが、それらは明らかに、「競い合い」というものが色濃くあるのを感じます。それは、個人のタイムだったり、何人追い抜いたかだったり、順位だったりするのでしょう。

あなたは今、歯を食いしばって頑張っているのでしょうか。そうだとしたら、少し立ち止まって休んだり、誰かの助けを存分に受けたりしてください。あるいは、あなたに余力があれば、誰かに力を貸してください。また、お互いに笑顔を交わすことにより、心を交流させることで心地良さを感じてください。

「ギブ＆テイクの法則」

「何でこんなことが起こるのだろう？」「どうして私がこんな目にあうのだろう？」と思うことに遭遇することはありますか？　私たちの住んでいる宇宙には絶対の法則がありまず。その法則を知り、上手に活用していくことにより、人生がスムーズにいくようになっているのです。その中でも、「ギブ＆テイクの法則」があります。与えたものが返ってくるというものです。

私の母は、実の母（私にとっての祖母）が認知症になってから他界するまで、自宅で看病していましたが、祖母のことをこんなふうに言っていました。「母さんは、いつも近所の人を助けていたからねぇ。だから今、たくさんの人に良くしてもらっているんだよ。」と。祖母は、とても優しい人たちに良くしてもらう晩年でしたが、そのことを、何十年も前にしていた施しが、こうして、別の形で返ってきてるのだということでした。

間違えてはいけないのが、「この人たちが自分に利益をもたらしてくれるかもしれない。だから、助けよう。」という『我欲（エゴ）』は、当時の祖母には全くなかったということです。それどころか、目の前の人に自分ができることをしようと、ただ無私の奉仕という在り方でした。多めに作ったおかずをお裾分けしたり、近所の子どもにご飯を食べさせてあげたりということを、ただただ行うような人だったと母から教えてもらいました。

そういう母もさらにすごい人でした。私から見たら不利益を多くもたらしただけの育ての父に対して、最期まで献身的に看病しました。育ての父は元気な頃ずっと、母が稼いだお金を湯水のようにギャンブルに使っていましたし、自分の思い通りにいかない時には暴力を振るうなどしました。育ての父が晩年心臓を患い闘病生活が始まった後も、食事のケアなど母へのわがままが加速しました。

そのような中、疲弊する母にむかって、私は「そんな人の面倒をいつまでみるの？」と言いましたが、母は「それでも、病気の人を放ってはおけないよ。」と言うだけでした。

当時の私は育ての父に対して、「地獄へ落ちてしまえ。」とか「母がそんな犠牲を背負わなくていいんじゃないの？」と母とは対極のところに居ました。

この母の姿こそが、無償の愛の実践者なのだと気づいたのは、ごくごく最近のことです。そのような母は、今まさに、祖母と同じように温かな人々に囲まれた晩年を迎えています。

「テイク&ギブの法則はない」

たとえば、夫婦間で「自分の仕事を手伝ってくれないなら、あなたのやっていること（例えば『家事』）を手伝わない。」という言葉を発する時、これは、「仕事を手伝ってもらう（テイク）」が先で、「家事を手伝う（ギブ）」が後となってしまっています。もしくは、「交換条件」があるなら（つまり、テイクの保証があるなら）与えるという発想になってしまっています。

これは、前述の祖母のような無私の奉仕とは、全く違うものになります。それゆえに、このような時は、与えたとしてもそこには（お返ししてねという）『我欲《エゴ》』がありますので、返ってくるものは、無償の愛ではなく、欲のある要求になるなど、違ったものになってきてしまいます。

こうしたことは日常的に起こっていますので、私たちは常に、自分が愛の出発点（ギブ）になっているか、確認する必要があるのです。

先ほどのマザーテレサの言葉の中にありましたね。
「今日善い行いをしても、次の日には忘れられるでしょう。それでも善を行い続けなさい。」
この言葉を、ただただ実行していくのです。

「成長するために生まれてきた」

私は昔、好きな人に振られてしまった時に「自分が嫉妬するくらい、いい人を見つけてね。」と言われたことがありました。その時、「それはなにか違う。」と感じました。と同時に「この先どのような人に巡り会うのかはわからないし、そこが一番重要なのではない。だけど、『私は成長し続ける』というのは間違えようのない真実だ。」という言葉の塊がふってきたような感覚が来て、ものすごくしっくりきたのを記憶しています。

当時、スピリチュアルという言葉も、宇宙の進化についてなども、特に学んでいたわけでもなく、誰に教わったわけでもなかったのですが、「自分が成長し続ける存在」であることは、魂の記憶の中にあったのでしょう。成長のために何度も生まれ変わっていくということも、「輪廻転生」という概念を知る前から、知っていたようでした。

宇宙は「成長し続ける存在」です。そして、私たちは、宇宙そのものです。だからこそ、私たちは成長し続けるのです。

「囚われないということ」

人生におけるすべての大前提があります。

あなた（そして私）は、「いつでも上手くできている」「いつでも完璧」で「いつでも素晴らしい」ということです。これらは、間違いない事実であります。

そして、忘れてはならないのは、「経験とは主観的なものである」ということです。

ですので、起こった出来事に意味づけをして、より良い人生への指針にしていくならばよいのですが、その意味付けにばかり囚われてしまっては、あまり意味がありません。人の経験は、捉えようによっては、どのようにも捉えることができるからです。どのような経験も、その時の精一杯を尽くしたのだと信じることが大切です。


同様に、この経験があるということは「過去の癒しが済んでいない。」などと、「できていない状態にいる。」ととどまり続けることもお勧めしません。なぜならそれは、あなたを「その『過去』」に縛りつけ、あなた自身をよどませていくことにつながる危険性があるからです。あなたも私も、親との不快な出来事による観念を取り除いていったり、エゴをなくしていったりする作業はもちろん必要です。取り除いたと思っても、揺り戻しのような出来事が起きたと感じることも当然のように起こってきます。でもその時、あなたが、「その観念」を完全に取り除けていないから、起こっていると考えすぎることは、「私は〜できていない／できない」という概念を心に植え付けてしまうことにつながることが、往々にしてあるということなのです。

『諸行無常』という言葉があります。川は流れていき同じところにとどまっていません。一つのことに囚われて同じところにとどまっていたら、川はあっという間によどんでいきます。私たちの人生もまた同じなのです。

また、幸せの形を比べることもできません。世の中には、病気を抱えて生まれ、生まれてから一度も外の空気に触れたことがなく、病院の中で過ごし続けている人もいます。視力がなくなっていく病と共存している人もいます。一方私は、毎日外に出て、新鮮な空気の中で過ごすことができます。目が見え、耳が聞こえ、話したいことを話すこともできます。手足も自由に動きます。

私は、彼らと比べて幸せというのでしょうか。

人生は、そのように比べられるものではありません。抱えている課題についても、もちろん同じです。もし、そのようにして比べてしまうと、その瞬間から、「幸せな人」「不幸な人」を創り出してしまいますし、劣等感・優越感というものも創り出します。

私自身、子どもの頃自分に対しての特別感（劣等感）をもっていたように思います。「自分は、こんなに苦しい。」「みんな幸せの中にいて、私の気持ちなんか、誰にもわかるはずない。」「私とあなたは全く違う。」という、自分は「可哀そうな人」であり、周りは「傲慢な人」「ずるい人」あるいは「私と違って恵まれている人」でした。

ですが、その特別感は間違っていました。なぜなら、みなそれぞれ人生の課題をもって生まれてきていますし、それぞれの課題は個々人によって違うのですから、自分だけが特別ということにはなりえないのです。

世の中すべての人がそれぞれの課題に取り組んでいます。そこに対して、優劣があるのでしょうか。優劣をつけるとは〝ジャッジ〟するということです。

人生にジャッジなどできないのです。

大切なことは、自分に起こることに真摯に向き合い、取り組んでいくことだけです。ですので、望ましくない状況が目の前に起き、心の波がたってしまったら、まず、心の波を落ち着かせるのです。そして、「愛」「安心感」を感じてください。自然の中に身を置くことのできる方は、ぜひそうして自然からエネルギーをもらいましょう。

私は、日頃からできるかぎり自然を感じられる環境に身を置き、心の波を穏やかにするようにしています。

「思考が現実化する法則」

すべての現実は、あなたが創り出しています。その視点に立ち、前に進むのです。

あなたは、あなたという世界の「制作者（創造者）」です。あなたが制作しているということは、あなたに解決できない課題はやってきません。数学の問題を作った人が、その（自分の）作った問題を解けないということはありえませんよね。それと同じことです。自分を超えるものを、あなた自身が創りだすことなどできないのです。ですから、「乗り越えられないものはやってこない。」と、信じてください。

つまり、すべての試練は乗り越えられます。そして、何か「問題」と思える事象が現れた時、あなたの中から湧き出てくる閃《ひらめ》きのようなものが、すべてを解決していってくれます。すべてを素晴らしい方向へと向かわせてくれるのです。そのために起きた（あなたが起こした）出来事なのですから。

「あなたがたの遭った試練で、世の常でないものはない。神は真実である。あなたがたを耐えられないような試練に会わせることはないばかりか、試練と同時に、それに耐えられるように、のがれる道も備えて下さるのである。」

（口語訳）新約聖書　コリントの信徒への手紙一　10章13節より

人生は、はかないです。

人生は、あっという間に終わってしまいます。

思い出してください。あなたは、幸せになるために生まれてきました。苦しむためでも、誰かと傷つけ合うためでもありません。あなたは、あなたの幸せをかみしめ、そしてその幸せを、周りの人たちとかみしめ合い、分かち合うために生まれてきたのです。

☆4．すべてのできごとがより幸せに生きる道につながっている

「本を書き、講演している人との出会い」

大きな神社で、仲間たちと参拝している時に交わした会話の中で、つながったご縁があ

りました。S氏は、作家であり講演家でもある方で、その後、しばしの間、お仕事のお手伝いをさせてもらうことになったのです。

実はそれより以前にも、ミリオンセラー作家の講演ボランティアをしていたこともありました。当時「自分も執筆したり、講演したりするようになりたい。実践している人のそばにいることで、その『願い』が叶いやすくなるのではないか？」とひそかな期待を胸に秘めていました。ですが、その当時すぐに『願い』が叶うことはありませんでした。そうした後に、巡り会ったS氏でしたので、「今度こそ『願い』を叶える出会いなのかもしれない！」と心が沸き立ちました。ですが、ここでも、残念ながら私の『願い』が叶うことはなかったのです。

S氏の手伝いは想像以上に忙しく、家族との生活を圧迫していきました。当時、家族に自分の状況を「洗濯機に回されてるみたい。」と冗談のように笑いながら言っていましたが、心の中で「冗談じゃなくて、本当のことだなぁ。」と深くため息をついていたのを思い出します。そんな時、強制終了のタイミングが訪れ、あっという間にS氏とのご縁が切れてしまいました。当時あまりにも疲弊してしまったこともあり、しばらくは、この経験が私に何をもたらしてくれたのかわかりませんでした。夢がまた遠のいたと感じ、大きな落胆の思いがあったのもぬぐえませんでした。ただ、後戻りしようとしても嫌な気持ちがするだけだったので、後戻りは、私のすることではないのはわかりました。

人の目は（体の）前についているので、どうも『前にしか進めない』ようにできているような気がします。

まず、休養が必要でした。自然の中に身を置き、ただひたすら『感じたこと・思うこと』をパソコンに打ち込んだり、読書したりしていました。

家事以外のことは、ひたすら気の向くままゆっくりと過ごす日々が数日間続きました。

「この経験からもらった宝物」

そうしていくうちに、冷たくて硬い氷のようなものがとけだしていき、温かな広い平和な感覚がよみがえってきました。すると、この経験が私にもたらしてくれた、大きな宝物が見え始めてきたのです。まず、「私を縛る大きなくさり（＝観念）」に気づき、その観念が一つ外れていました。


私は新卒で一部上場企業に就職しました。その後、転職し公立学校教員職を得て、収入はますます増えていました。正規教職員を辞職し、非常勤講師をしていた時も、時給は一般のそれとは違い、恵まれたものでした。

いつの頃からか「私は羨ましがられる仕事をしている。私の時給は高い。」という全く要らないプライドをもち続けていました。ですが、そのプライドこそが、知らぬ間に自分の心が喜ぶ仕事への出会いを遠ざけていたのです。

今回S氏への手伝いの後、「とにかく自分が心から楽しんで働きながら、自分時間もしっかりもてる環境に身を置きたい。」という『本当の思い』がふつふつと湧き上がってきていました。そうして、一つの観念が外れたことを示すかのように、前述の岡山さんとの出会いが訪れたのです。岡山さんは、今は子どもたちにかかわる事業に携わっていますが、いずれは、「子どもたちも大人たちも一緒になって、それぞれの可能性を出し合ってたくさんのものを産み出していく世界を創っていきたい。そうやって、住んでいる地域を元気にしていきたい。」という深くて温かい夢をもっている方でした。そして、その夢の実現に必要な協力者が次々と現れて、実際に夢の一つ一つを現実化させていっていました。心の奥にしみていくような感覚を抱く出会いでした。

私は、もう一つ宝物を受け取っていました。とてもシンプルなことですが、「本を出版したい」なら「原稿を書ききらなければならない」という気づきを得たことでした。コバンザメのように、成し遂げている人の周囲をいつまでも取り巻いているのではなく、自分がなりたいもの『それ自体』にならないといけなかったのです。

料理研究家になりたければ、そういう人のそばに居れば、ある程度の技術を間近に見ることができるので、勉強することができます。でも結局のところ「実際に料理をつくる」ことを『自分』がやらなければ料理の腕はあがらず、料理研究家への道は遠のいていきますね。

すべては同じことなのです。

私は、最初に著作家のお手伝いをした時、目で見るだけの勉強をたくさんしました。もう、目で見るだけの勉強はそれで十分だったのでしょう。だからこそ、S氏との出会いによる二度目のお手伝いは、自分が思っていたよりも早くにご縁が切れてしまったのだなという感覚がしっくりきます。S氏と関わっていた間多忙を極めましたので、ほぼ自分の執筆の手は止まっていました。ですが、そのような気づきを得てから、また一つ一つの文字を紡いでいく作業が始まりました。

S氏からもらった胸にしみる言葉も宝物だったと思い出しました。「あなたは文章を書くのが好きですよね。以前、すてきな景色の写真を送ってくれましたね。あんなふうに、途中の道のりを楽しんでくださいね。応援しています。」と励まされた時の言葉です。このS氏からのメッセージは、文章を紡ぐことを「ただ楽しんだらいいんだ。」ということを思い出させてくれました。そして今、楽しんで言葉を書き連ねることをしています。「こうしたら、上手な文章になるかな?」とか、「こんなふうにしたら、いい構成になるかな?」とか、「こういう表現なら受け容れてもらいやすい本に仕上がるかな?」と、結果を気にする自分に「さよなら」することができました。これは、まさにS氏のおかげでした。

あまりにも短い期間の関わりだったため、S氏との出会いは無駄だったのだろうかと思うこともありましたが、今こうしてS氏とのことをしたためていくうちに、やっぱり、S氏に出会えて良かったと、心から思えるようになってきました。聡明であり、かつキュートな部分も持ち合わせているS氏は、ホントに魅力的です。一時は、S氏とのコミュニケーションがずれてしまい、憤りを感じてしまった時があり、「ゆるさなければ」と葛藤してもいました。それなのにこうして、いつの間にか「ゆるせてしまう」ことができました。何がそうさせたのでしょうか。文字の力でしょうか。不思議で仕方ありません。

自分の中で、温かいものがハートを包み込むのを感じています。神様が宿るというのは、こういうことをいうのだろうと思います。神が宿り、その神様の働き、さらには天使の導きがきて、そうさせるのだと感じます。

私にとっては、こうして文章にしたためていくことが、いつでも冷たくて硬くなった氷をとかしていき、すべてを解放させ、神様や天使とつながる手立てになっています。

どの人にも、神様や天使たちとつながるプラグのようなものがあります。

自分が好きなことに没頭している時や、心身ともにくつろいでいると感じている時などに、そのプラグがひょっこり顔を出し、すべてが解決されていくのです。

「光と闇」

ずっと暗い部屋にいた時、急にカーテンを開けて日の光を浴びたら、とてもまぶしく感じるでしょう。また、ずっと優しくて温かい家族の中で子どもが成長してきて、ひとたび社会に出ると、人をだます人がいたり、いじめをする人がいるのを目の当たりにすることがあります。その時子どもは、自分の家族はなんて優しい人たちなんだろう、と感じるでしょう。さらには、ずーっと都会の中に暮らしていて、ひとたび田舎に引っ越すと、なんと自然の恵みの癒しのもつエネルギーの豊かなことと、深く感じるでしょう。

もし、誰かに攻撃されたと感じた時、思い出してください。闇は、光を強く感じるために起こっている出来事であるのです。

【光を見るためのワーク】

①椅子でも畳の上でもいいです。楽な姿勢になって、リラックスしてください。

②目をつむり、自分の呼吸に意識を集中してください。

③呼吸を感じてきたら、心の中で目の前の闇を見ます。（闇をイメージするだけでかまいません）

④そして、その闇の向こうを見つめてください。すぐに見えなくても集中して見続けてください。そこに光があるのです。

⑤闇の向こうの光が見えて（感じて）きたら、さらにその光の中に自分の身を投じていきます。（自分が光に包まれていくような感覚になります）

今見た（感じた）光の感覚が、本当の世界です。いつも、すぐそこには眩しいほどの光があふれているのです。

「雨降って地固まる」

もし、どうしようもなく辛いことがあって、涙にぬれた時、流れるままに流してあげてください。それは浄化の涙です。いらない涙を、ためて持っていた分、誰かが外に出すのを助けてくれたのです。

すべては共同創造。私とあなた、あなたと私の共同創造です。私は、あなたの成長の手助けをし、そしてあなたは私の成長の手助けをしています。これは間違いのない事実なのです。一見そうは見えないこともあるかもしれませんが。

そして、すべては光、私たちはみんな光の存在です。

太っている人、やせている人、背の高い人、背の低い人、それらの外見は、幻想です。

その人の心の奥を覗いてみてください。すると、みんな光り輝く存在だということに気づくはずです。その、光の存在同士がみんなで成長するために、この地球に生まれ降りてきたのです。

「戦争をなくす」

地球の反対側に住む人に言っているわけではありません。私自身、そしてあなたに言っています。

つまらない戦いは、もうやめましょう。

もし誰かに負かされたような気がして悔し涙が出てきたら、ただそのまま流してあげればいいのです。「その涙は、外に出てくるべき涙だった。」ただ、それだけなのです。涙を出させた相手を恨む必要はありません。仕返しも無用です。彼（彼女）は、あなたの成長のお手伝いをしてくれたのです。『つまらない戦いは、自分自身を苦しめるだけだ。』という気づきをもたらしてくれるために、一役買ってくれているだけです。それを、どうか理解してください。一人ひとりのつまらない戦いが、一つなくなることで、戦争が一つ減ります。なぜならあなたの中の（そして私の中にもある）戦争する心が、あなたが見る世界に戦争を創り出しているからです。あなたの中の戦争する（戦う）心を見つけたら、一つ一つ紡いで手放してください。そのことで、あなたの見る世界に平和が広がっていくのを見るでしょう。


悔しくて負けたくない（戦いの）気持ちが湧き上がってきた時の魔法の言葉があります。

「負けるが勝ち！」「先に謝った方が勝ち！」

母の言葉です。


こうして文章をしたためている私も、未だに失敗しまくります。最近も、ご近所さんを思いがけず怒らせてしまったことがありました。こちらに悪意は全然なかったので、自分は全く悪くないという立場をとることもできました。でも、「負けるが勝ち」の母の言葉が私を突き動かしました。気がついたら、怒鳴られるのを覚悟で謝りに行っていました（したことはありませんが、頭を坊主にするような『覚悟』に似ていたように思います）。するど、謝ったその瞬間から、状況が一変するのを肌で感じたのです。相手の方の態度が一変して温かくなっていました。

このような経験は、過去にもなんども経験していますので、母の言葉は正しいと感じています。あなたも、何かあったら先に謝っちゃってください。中途半端じゃダメです。本気で謝るのです。本気かどうかは相手に伝わりますし、本気でないと現状は変わりません。

そして即実行です。ちょっと油断してもたもたしていると、負けちゃいます（笑）。徒競走と同じですよ。

☆5．子どもたちが教えてくれたこと

私は、「教員」という仕事に携わることで、子どもたちとより近い関係をもつことができました。そして、その関係性の中で、子どもたちから「愛の姿」「本来の人生を生きるための方法」を教えてもらったのです。

それは「安心感をもつことが大切」だということ、「笑顔を向けられることで安心感が湧き、そこから笑顔が生まれる」ということ、そして、「人との温かな関わりが、その人の能力を開花させる＝その人本来の自分を生きることができる」ということでした。

教員養成のテキストには書いていないことばかりでした。

「まほちゃんのこと」

後天性の病気と共に生きる、笑顔のかわいいまほちゃんに初めて出会ったのは、彼女が小二の秋を過ごしていた頃でした。私は、当時非常勤講師として、公立小学校特別支援学

級に関わることになりました。まほちゃんは、その教室で学ぶ児童の中にいたのです。

まほちゃんとは、いくつかのひらがなを一緒に勉強しました。絵が大好きなので、絵を使って学んでいました。アヒルの絵カルタに「あ」という言葉が組み合わさっていることで、「あ」という文字を読んだり、「あひる」という文字を書いたりする練習をしていました。まほちゃんは、ゆっくりゆっくりと学ぶ子でした。今日学んだことも、明日また新しく学ぶ必要がありました。私は隣の席に座り「そうだね。」「上手だね。」とできていることを言葉で確認していきました。そして、まほちゃんが一生懸命に書いた単語に赤ペンでハナマルをつけていくのでした。そのような、ゆっくりとした学習の時間を何度か過ごしていくうちに、コロナによる緊急事態宣言が出され、学校は突然休校するということになりました。非常勤だった私にとって、休校＝失職を意味していました。休校決定された数日後の勤務日、その日は、休校前の最後の登校日でした。

教室には、まほちゃんのお母さんがいらっしゃいました。お母さんにご挨拶すると、「まほは、緒方先生のことが大好きなんです。家に帰ると、よく先生の話をしているのです。来年も先生に教えてもらいたいですが、また来年も来てくださるのですか？」と聞かれました。そして、まほちゃんからのお手紙、そしてまほちゃんのお母さんからのお手紙をいただいたのです。

まほちゃんのお母さんからのお手紙には、「なかなか人になつかない子ですが、先生のことが本当に大好きです。先生は、まほにとって特別な人なので、また、先生に教えてもらいたいです。」といった内容のものでした。そして、まほちゃんのお手紙には「また、あいたいな。」と書かれていました。ひらがなを、まだ完全に習得していないまほちゃんが書いてくれたその言葉には、重みがありました。

年度が替わり、学校が再開してしばらくした頃、もう一度まほちゃんとのご縁が巡ってきました。支援級のまほちゃんの担任となったのです。もう二度と常勤で教員職はやらないと決めていましたが、全てはベストなタイミングでした。介護中の母が施設に入所し、ちょうど落ち着いた頃だったからです。年度末までと決めて、その常勤職を引き受けることにしたのです。数か月ぶりに、また、まほちゃんと一緒に勉強する日々が始まりました。

まほちゃんとは、ひらがな、そしてたし算引き算などを学びました。まほちゃんに必要な教材を探す時間を見つけるのがなかなか難しく、悪戦苦闘していましたが、同僚の教職員の方々がたくさん助けてくださいました。そしてお母さんたちもとても温かく迎え入れてくれました。

交流級（まほちゃんが在籍している通常級クラス）に行くと、優しいお友だちが、まほちゃんのことをいつも助けてくれました。男の子・女の子関係なく、まほちゃんに温かい関わりをする様子を見るほどに、入学当初から培われてきた、子どもたち同士のつながりを感じ、ほほえましく感じていました。私は、まほちゃんの担任として、「そういう、クラスの友だちとの関わりを深めていくこと」「無理なくひらがなや計算などの学習を進めていくこと」「温かな関係性を育むこと」などを心の中心におきながら、毎日を過ごしていきました。

まほちゃんの存在が、「クラスの子どもたちを優しい気持ち」にさせていました。まほちゃんは、そういう子でした。また、一見上品そうに見えるまほちゃんは、私が冗談を言うたびに、大口を開けてゲラゲラ笑っていました。まほちゃんのかわいらしさを指摘する時には、照れた様子がさらに彼女の魅力を引き立たせているように見えました。

まほちゃんはダンスが大好きでしたが、運動会でのダンスはだいぶ難しかったので、私も覚えて一緒に踊りました。その時の笑顔もとびきりでした。

まほちゃんが、三年生を終えるまで一緒に過ごしました。初めて出会った頃に比べ、言葉をたくさん習得していました。そして、教室では、元気な声ととびきりの笑顔を見せてくれる日々でした。給食中はコロナのため黙食と言われ、子どもたちも教職員たちも、仏頂面で給食を食べていました。そんな環境の中でも、まほちゃんは、食べている最中、時折私の方を見てくれるので、そのたびに二人でニッコリと微笑みを交わしていました。とても愛おしい時間でした。

毎日元気に登校し友だちとの関わりを楽しみながら、のびのび過ごすまほちゃんを見ていることは、私の幸せでした。

その当時の精一杯を尽くして日々接していましたが、『できることを増やす』という「自立支援を多くやってあげられなかったのかなぁ。」と悔やまれることもありました。「前年に比べ、まほちゃんのできることが減ってしまった。」と言われたこともあり、「自分のやり方が間違っていたのかな。」と自問することもありました。ですが、それにもかかわらず、年度末にその学校から離れることになった時には、私は、まほちゃんとまほちゃんのお母さんから、またもやお手紙をいただくことになったのです。

私が来年度この学校に赴任することはないと知ったまほちゃんの手紙には、「また、あいたいな」という文字は、もうありませんでした。「４ねんせいになっても、がんばります。」という内容のお手紙でした。お母さんからは、「いつも親の気持ちに寄り添ってもらい、ありがとうございました。私もまほも、いつも優しい先生のことが大好きでした。」といった内容でした。

勤務最終日の修了式後、「緒方先生、明日くるかな？」と聞いていたと、後からお母さんが教えてくれました。その言葉を聞いて、私は、まほちゃんへの思いで胸の奥が熱くなりました。

まほちゃんに手紙を書かせたものは何でしょうか。これは、まほちゃんの愛が形になったものに外なりません。まほちゃんは、同年代の子に比べて、できることは少ないかもしれないけれど、周りの友だちも、自分たちのできることの中で、まほちゃんに愛を手向けているのが手に取るようにわかります。子どもたちの中に愛のあるやりとりを見るたびに、温かな気持ちになっていました。また、それぞれの得意なことでお互いに補い合いながら過ごしている姿を見るたびに、これが調和の世界なのだなと感じずにはいられませんでした。

「ゆりさんのこと」

ゆりさんとは、彼女が小二の時に担任として出会いました。彼女は、勉強は全般的に苦手で、国語算数が特に苦手でした。そして、みんなの前で自分の意見を言うのもなかなか難しい子でした。そのため、ゆりさんは、たいてい一番前の（私から目の届く）席でした。

お母さんがいつもゆりさんの学習を心配していたこともあり、休み時間にはたいてい国語か算数の課題に取り組み、学習の様子をお母さんに伝えることもしていました。課題といっても、たいていの学習が遅れていたので、その遅れているページを少しずつ、こなしていくというぐあいでした。ですが休み時間になると、次の授業が始まる時間までトイレに逃避行してしまうことも多く、なかなか勉強が進まないといった感じでした。

ところが、そんなゆりさんですが音楽の時間になり「鍵盤ハーモニカの練習をしましょう。」となった時には、誰よりも早く準備をし、いつも熱心に練習していました。私はそんな熱心なゆりさんを見るのが嬉しくて、本人のことも褒め、そしてお母さんにもそのことを報告していました。また、自分の思い通りにならなくて泣き出してしまったクラスメートがいた時には「そういう気持ちになるときもあるよねぇ。わかる。」とゆりさんが誰に言うともなくつぶやいていました。そんな優しい言葉を発したのはゆりさんだけでした。

ゆりさんは、二年生の最後の日まで九九暗唱を制覇することができませんでした。ですが最後の日まで頑張ったことをみんなで称え、九九暗唱制覇の賞状をクラスメートの拍手の中、手にしました。その時間も、みんなが優しい笑顔と拍手を手向けていた感動の時間でした。その後の離任式の際には、お母さんとゆりさんの二人から、それぞれお手紙をもらい、胸が熱くなったことを今でも覚えています。

ゆりさんは音楽が大好きで、人の辛い気持ちに寄り添うことができる子でした。それは、彼女の才能でもあり、それを表現することが愛の形であったと思います。国語や算数の出来不出来だけで彼女を見ていなくて、本当に良かったと感じた瞬間でした。

「はるとのこと」

はるとは、二人のお兄ちゃんがいる我が家に生まれてきました。赤ちゃんの頃から、みんなにかわいがられて育ってきました。そして、彼が小学校低学年の時、両親が別れました。母とともに暮らすことになり、兄弟仲良く楽しい日々を過ごしていましたが、その後、母の新しいパートナーとの生活をともにするため、遠距離の引っ越しをすることになりました。

彼は、元々居た小学校が大好きでした。お友だちのことが大好きで友だちにも好かれているのがよくわかりました。だから、ずっと、その地域でその友だちみんなと一緒に大きくなっていくことを望んでいました。でも、その小学校を去ることになる最後の日が来てしまいました。

前日に、担任の先生から「みんなに言う挨拶を考えておいてね。」と言われていたはるとは、教室の前に立ちました。みんなに挨拶をする場面でした。

長い沈黙の後、はるとの目からは涙があふれ出てきて止まらなくなってしまいました。そのまま、沈黙が続いていると、「はい。」と手をあげるお友だちが現れたそうです。その子は、先生にあてられると「はるとの良いところを言います。」と言って発言しました。すると、友だちが次々と手をあげ、はるとの良いところを発言し始めたというのです。

これは、修了式の放課後、担任の先生に挨拶に行った時に、教えてもらった出来事でした。担任の井出先生は、「今思い出すだけでも涙が出てきてしまいます。」と涙を浮かべながらこの話をしてくれました。「本当にいい先生、いい友だちに恵まれて、はるとも私も幸せだなぁ。」と心から思いました。井出先生は「本当にいい子です。はるとさんならどこに行っても大丈夫だと思います。」と太鼓判を押してくださいました。本当にありがたい出来事でした。

はるとの気持ちを気遣う友だちの行動は、「愛」の行動だったのだと思います。また、はるとがみんなの前での発言が苦手なことも十分わかっているうえでの、（友だちからの）フォロー発言だったのだと思うと、積極的に発言できる能力をもった友だちの才能発揮の場面であったのだとも感じ、幸せな気持ちになりました。

☆6．あなたは絶対だいじょうぶ

今、順調にいっているのか、よくわからないことがあります。

そういう時には、今すべて順調に言っていると自分に言い聞かせて、今すべきことを淡々とこなしていくことも大切です。

母は、実践者でした。「雨ニモマケズ」に出てくるような、理想の人でした。いろいろな人助けをした母でしたが、悪意のある人にだまされてしまったり、言葉巧みな人に不本意にも負かされてしまうこともありました。そのような時にも私には、悔し涙をみせたことはありませんでしたが、深く心が痛んでいるのだろうなと感じることもありました。そしてそんな時でも、母は愛の実践者であり続けました。

もし、あなたが今嫌な人や嫌な出来事に遭遇して打ちひしがれていても、少し休んだら、また前を向いて歩きだしてみてください。そしてあなたの中の愛を実践し続けてください。

また、「嫌だと感じる出来事」の中に大切なメッセージがあることも、見逃せない事実です。

私も嫌だと思う出来事にたくさん出会いました。ですが、嫌だと思う出来事ほど、私の人生を大きく動かしていました。一見不快と感じるそれらの経験に出会ったおかげで、自分の大切にしているものを再認識することができ、その後の素晴らしい出会いに導かれ、今の私があります。何が起こっても、「もう駄目なんじゃないか」とか「やっても変わらないかもしれない」とか考える必要はないのです。どのような出来事も自分自身の『成長』のため、『幸せ』のために起こっていると知ることで、すべての経験を糧にすることができるのです。

ムダなことは何一つありません。すべての出来事を自分事としてとらえなおし、前に進んでください。そのことが、この世に生まれてきた本来の目的でもあるのです。

今、どうしていいのかわからなくなってしまっていても、たった一人だと感じてしまっていても、あなたは、必ず自分を取り戻せます。そして、前に歩んでいけるのです。

ただ、もしかしたら、あなたの期待する現実が目の前にない場合は、特に、見えないもの（明るい未来があること）を信じることは、難しいと感じるかもしれません。ですが、実は世の中にあるほとんどのものは見えないものなのです。だから、今、目に見えていなくても大丈夫。あなたの歩んでいる道は正しいのです。

あなたは、常に導かれていきます。だからいつも大丈夫なのです。あなたが歩いている道は、光への道のりであることを信じ、淡々と前に進んでいくのです。

あなたは絶対だいじょうぶなのですから。

著者プロフィール

緒方 心（おがた こころ）

未婚の母のもとに生まれ、物心ついた頃から毎日が苦しいと感じながら過ごす。大手メーカーに就職した頃から心理学・哲学について独学で学び始める。企業に勤める一方で、教員免許を取得し小学校教師へと転身。だが多忙な日々の中、心身ともに疲弊していく。転機が訪れ教員職を辞職し、チャクラ・心の癒しについて学びを深めていく。人間関係がガラリと変わり、必要なタイミングで必要な出会いがくることを体感する日々がやってくるようになり、人生を創るカギが「自分の内」にあることを確信するようになる。現在は療育機関にて「子どもたちが生きる力を身につけるため」の支援活動をしている。

自分の本当の人生の歩み方

～幸せな毎日を過ごしたいあなたへ～

2023年7月15日　初版第1刷発行
2023年8月30日　初版第2刷発行

著　者　緒方 心
発行者　瓜谷 綱延
発行所　株式会社文芸社
〒160-0022　東京都新宿区新宿1－10－1
電話　03-5369-3060（代表）
03-5369-2299（販売）

印　刷　株式会社文芸社
製本所　株式会社MOTOMURA

©OGATA Kokoro 2023 Printed in Japan
乱丁本・落丁本はお手数ですが小社販売部宛にお送りください。
送料小社負担にてお取り替えいたします。
本書の一部、あるいは全部を無断で複写・複製・転載・放映、データ配信することは、法律で認められた場合を除き、著作権の侵害となります。

ISBN978-4-286-24198-2